Truckertøsen
Bogen er sat med Calibri
© 2021 Pedersen, Elsemarie
Forlag: BoD – Books on Demand, Hellerup, Danmark
Tryk: BoD – Books on Demand, Norderstedt, Tyskland
ISBN: 9788743032434

Indledning....

Hvem er Truckertøsen?

Truckertøsen er en ung pige med et usædvanligt arbejde. Hun er lastbilchauffør. Grunden til, at hun valgte netop dette erhverv, var, at hun ikke kunne affinde sig med et 7-4-job. At betale for at komme ud og se verden kom slet ikke på tale, da der ikke var penge til det. Så hvorfor ikke tjene penge ved at blive eksportchauffør, man så verden, og man fik penge for det.

Men det er slet ikke så nemt, som det lyder, og det er heller ikke en dans på roser. Det er bestemt ikke et 7-4-job at køre i udlandet. Hun må finde sig i mange ubehagelige ting fra sine kollegaer, vognmænd og ikke mindst speditører. Især udtalelser som den med "om man ikke snart skal hjem til suppegryderne" og andre lignende mærkværdigheder.

Men en dag bliver det for meget for hende, og hun tager sagen i egen hånd ...

Kapitel 1

Fredag morgen kl. 04.30 ringede telefonen. Jeg strakte søvndrukken hånd ud efter telefonen. Det var min vognmand, som ringede for at fortælle mig, at der var kørsel til forskellige steder. Øv, tænkte jeg, men sagde alligevel, at jeg godt ville køre det. Jeg vidste, at jeg ikke ville være hjemme før lørdag aften klokken øv. Jeg var næsten lige kommet hjem fra to døgn uden søvn. Men eftersom kørsel og lastbiler var mit liv, var jeg naturligvis med på den værste.

Jeg stod op for at gå i bad. På vejen ud stoppede jeg foran det store spejl og betragtede mig selv. Egentlig ikke værst. To gode håndfulde og en glat mis. Jeg gik ud og tændte for det varme vand. Da jeg stod under det rindende vand, kom jeg til at tænke på en kollega, som jeg tændte voldsomt på. Ikke en mand, men en kvinde med en dejlig glat mis. Med den ene hånd fandt jeg frem til mine skamlæber, som jeg forsigtigt skilte ad. Min hånd gik på opdagelse i mit allerede våde skridt og fandt frem til mit dejlige venusbjerg. Jo mere jeg tænkte på Lene, jo mere liderlig blev jeg. Legen blev hurtigere og kraftigere, og inden længe kom jeg i et brag af en orgasme, samtidig med at jeg legede med min ene brystvorte. Jeg måtte støtte mig op ad væggen for ikke at falde.

Efter at jeg var kommet til mig selv igen, kikkede jeg på klokken og tog telefonen for at ringe til vognmanden. Da røret blev taget i den anden ende, måtte jeg starte med at undskylde, at jeg først ringede nu. Vognmanden spurgte om, hvad der havde opholdt mig. Jeg sagde, som det var, at min mis havde opholdt mig i badet. Han grinede og fandt mine papirer frem.

Han sukkede, og jeg spurgte, hvad der var galt. Beskeden lød på, at jeg skulle læsse på en central, og at der var ventetid på op til 6 timer. Men som en trøst ville han sende en afløser med, så jeg ikke kom til at kede mig alt for meget. Jeg syntes, at det lød meget godt, så havde jeg da en til at lave kaffe og hygge lidt med. Fræk som jeg er, spurgte jeg, om det var en kvinde, men nej. Det kunne han ikke skaffe på så kort tid. Man kan da heller ikke få nogen ønsker opfyldt, tænkte jeg, men blev nødt til at acceptere tilbuddet.

Vognmanden grinede og kunne trøste mig med, at det var en sød fyr midt i 20'erne, som hed Lars. Lyshåret og med et glimt i øjet, samt rutine i forvogn / hænger og trækker / trailer-kørsel. Jeg tænkte, at det var fint, så kunne jeg få lidt ro. Jeg havde kørt meget på det sidste, men kunne ikke undvære det. Men alligevel faldt tankerne på en omgang hed sex.

En time efter sad jeg i bilen på vej ned til vognmanden efter lastbilen. Da jeg var nået til Horsens-afkørslen, ringede vognmanden, at jeg havde to problemer. Sættevognen holdt nede på havnen, og der stod min makker også, men med fragtpapirerne. Han beklagede, men sagde, at jeg som trøst kunne få den nyeste Volvo – den med plysindtræk. Det tilbud kan man da ikke stå for. Mine tanker faldt med det samme på køjen. Den var ekstra stor. Den kunne da bruges til mange sjove ting.

Da jeg kom ud til vognmanden, stod han med nøgler, mine skiver, dagssedlerne og en mobil. Jeg havde travlt, så jeg skyndte mig at køre, med retning mod havnen. Sættevognen var let at finde, og til min store forbavselse så jeg min makker. En rimelig høj, muskuløs fyr med karseklippet hår og et smil på læberne. Tankerne fløj rundt og faldt med det samme på hans muskuløse overkrop, og hvad han eventuelt havde mellem benene. Jeg skyndte mig at koble vogntoget sammen og kørte i retning af centralen. Jeg kunne ikke komme til at læsse før kl. 23.30. Så vi havde et par timer, hvor vi kunne lave, hvad vi ville.

På turen derop fortalte han om sine ture og sagde, at han altid har haft mange fantasier med en kvindelig chauffør. Emnet endte ustandselig på sex, og jeg blev mere og mere våd mellem benene. Da vi nåede rastepladsen ved Ejer Bavnehøj, holdt vi ind for at få noget at spise. På vej ind til cafeteriet fik jeg et klap i røven. Jeg vendte mig og kyssede ham på munden.

Han hev fat i mig og spurgte, om vi ikke skulle gå om bag ved bygningen. Jeg kunne se i hans øjne, at han tænkte på sex. Jeg nikkede, og vi gik om bagved. Han holdt mine hænder, mens han kyssede mig. Først på halsen for, at fortsætte nedad. Hans ene hånd kælede for mine bryster, og den anden gik på jagt efter min meget våde mis. Han spredte min skamlæber og legede blidt med mit venusbjerg. Han stak to fingre op i min våde mis. Jeg kunne mærke, at jeg var ved at komme over hans blide berøringer. Jeg stødte underlivet op mod ham, så hans to fingre røg helt i bund. Samtidig fandt jeg frem til hans lynlås, og hurtigt fik jeg fundet hans nu stive lem. Jeg begyndte at køre hånden op og ned, og jeg kunne mærke, at det var noget, han tændte på. Hans hede ånde i min nakke gjorde mig kun mere liderlig, og jeg måtte bare have lem. Jeg vendte mig om, så jeg stod med røven til ham, og vrikkede indbydende med den. Inden jeg vidste af det, jog han sit dejlig store lem helt i bund, og jeg skreg af fryd. Han red mig hårdt og brutalt, indtil han kom i et brag af en orgasme. Han trak sig ud, og jeg vendte mig om og slikkede de sidste dyrebare dråber af hans stadig stive lem. Han kyssede mig på kinden, og vi tog tøj på igen.

Kapitel 2

Inden længe var vi igen på vejen. Jeg var træt, så Lars fik muligheden for at køre vogntoget til centralen. Jeg kunne mærke et par øjne på min krop, og det var egentlig meget ophidsende. Jeg valgte at lade være med at sige eller gøre noget; jeg ville se, hvad der skete. Da vi nåede centralen, var jeg så våd, at det løb ned ad mit ene lår. Jeg havde tænkt på, hvad der skete på sidste rasteplads, men turde ikke tænke tanken om, hvad der ville ske, nu da vi skulle vente 6 timer på godset.

Jeg gik op på kontoret for at melde vores ankomst og få den nøjagtige tid at vide. Jeg var spændt på, hvor lang tid der ville gå, inden vi kunne få læsset. Jeg traskede op til Stig på kontoret og fik at vide, at der ville gå 1½ time, inden det sidste var klar. Men det skulle bare være en smuttur. Så det var en hurtig tur. Vi kørte over i det fjerneste hjørne og parkerede, så man ikke kunne se os. Vi trak gardinerne for og tændte for fyret. Vi lavede kaffe, smurte mad og hyggesnakkede.

Lars smilede sødt til mig, og med det glimt i øjet vidste jeg, hvad han ville. Vi lagde os om i køjen, og jeg kunne mærke, at jeg igen var ved at være våd mellem benene. Min hånd gik på udflugt og fandt frem til et dejlig stort, stift lem. Han havde allerede lynet bukserne ned, og min hånd smuttede ind til det dunkende, indbydende lem. Jeg vendte mig om og begyndte at slikke ham vildt og voldsomt. Jeg kunne ikke styre min lyst længere, jeg måtte bare have hans stive lem op i mig. Jeg satte mig overskrævs på ham og lod hans dejlige lem glide ind i min varme hule. Jeg følte, at jeg skulle sprænges, så liderlig var jeg. Jeg gled stille op og ned ad hans lem og mærkede, at han fyldte mig helt ud. Jeg nød det i fulde drag, men pludselig trak han sig ud for forsigtigt at presse sit store lem op i mit bagerste hul. Dejligt. Hans bevægelser blev hurtigere og hurtigere for til sidst at ende ud i en enorm orgasme. Jeg kunne mærke, hvordan han sprøjtede dybt inde i mig. Jeg var ved at besvime af nydelse, men faldt i stedet udmattet ned på ham. Vi lå lidt og sundede os for derefter at lægge os til at sove lidt, inden turen gik sydover.

Da uret ringede, vågnede jeg med et sæt og var bange for at have sovet over mig. Jeg mærkede efter, om Lars stadig sov, men han var væk. Jeg kikkede rundt og så, at han sad og sov på passagersædet. Jeg ville ikke vække ham, så jeg listede ned på min pind og startede bilen. Han vågnede med et sæt og var på vej ud ad døren. Han stoppede og kikkede på mig med et sødt blik. Han sank tilbage i sædet for at sove videre, og jeg kørte om for at få læsset.

Da jeg kom ind på centralen faldt mange øjne på mig og jeg nød det i fulde drag. Jeg gik op mod godskontoret, og der kom en chauffør springende ned ad trappen og holdt døren for mig. Han smilede venligt, og jeg gik op ad trappen til Stig. Da han så mig, smilede han venligt og fandt hurtigt mine papirer til mig. Jeg blev også tilbudt kaffe. Alle var så venlige mod mig, og jeg tænkte at der stak noget under. Jeg gik ned til port 24, som jeg var bakket hen til. Jeg tog lige en runde for at se, hvor mange colli jeg skulle have med. Under skiltet stod der en hulens masse paller. Jeg sukkede og gik i gang med at tælle. Da jeg ikke kunne få det til at passe, begav jeg mig op mod kontoret igen for at finde et hoved, som vidste noget om det. Jeg kikkede på klokken og så, at den var ved at være 1.

Jeg begyndte at løbe hen til kontoret, men overså, at der kom en palleløfter ud foran mig. Jeg faldt, lige så lang jeg var. Da jeg kikkede op for at bande over chaufføren, så jeg, at det var en velkendt chauffør. Men ikke hvilken som helst. Det var Lene, hende, jeg havde fantaseret om så længe. Hun kikkede sødt på mig og hjalp mig op. Hun undskyldte sin klodsethed og spurgte, om jeg var kommet noget til. Det kunne jeg ikke påstå; det var nok bare chokket. Hun tilbød en kop kaffe og en bid brød, når jeg var færdig med at læsse. Det kunne man da ikke sige nej til. Hun undskyldte endnu en gang, og jeg gik op på kontoret.

Der sad Stig og grinede. Han havde set det hele og syntes, at det var meget sjovt. Der var ikke andet at gøre end at grine af episoden. Han spurgte, om jeg ville have en mand til at læsse for mig. Jeg kikkede på ham og sagde, at det var ikke nødvendigt, men at han kunne være så venlig at finde mine manglende colli til mig. Han hoppede ned ad trapperne og op på en truck. 10 minutter efter var alt gods samlet, og jeg kunne begynde at få læsset. Jeg stod og regnede lidt på, hvor lang tid det ville tage at få læsset 32 bundpaller og 6 toppaller. Den tid, jeg ikke brugte på at læsse, kunne jeg bruge sammen med Lene.

En chauffør stod og lurede lidt på mig, da jeg satte turboen til for at få læsset. Jeg vidste til dels, hvor meget det vejede, og hvor jeg skulle placere det, så jeg ikke skulle få overlæs. Jeg havde det varmt og smed derfor jakken. Så kunne man rigtig se mine kvindelige former. Så var der pludselig to chauffører, som tilbød at hjælpe. Jeg mente ikke at det var nødvendigt, men de kunne da få en hånd, når jeg var færdig. De grinede og gik tilbage til deres eget gods.

Efter 40 minutter var alt godset læsset, og jeg var klar til at køre. Jeg gik op for at afslutte mine papirer, men da jeg var på vej ud ad døren, sagde Stig, at jeg måske skulle kigge ned. Jeg undrede mig lidt over, hvad han mente, men gik alligevel ned til Lene. Da jeg så, at hun ikke havde fået pakket ret meget, tilbød jeg at hjælpe.

Jeg fandt hurtigt en palleløfter og fik godset på plads i sættevognen. Vi svedte begge, men havde det sjovt. Det varede ikke længe før vi var færdige. Lene smilede sødt til mig, og jeg kunne se, at der var noget i hendes øjne, som tændte mig vildt. Hun spurgte, om jeg stadig var med på en bid brød. Det kunne jeg da ikke sige nej til, men jeg skulle lige se til Lars.

Jeg gik ud til ham, og han sad nu og læste. Han smilede, da jeg satte mig ind. Hans eneste kommentar var, at han godt kunne tage turen sydover og komme tilbage igen for at læsse.

Jeg takkede og løb hen til Lene, som stod og ventede. Jeg hoppede ind på passagersædet og satte mig godt til rette. Hun fandt brød og pålæg frem fra køleskabet og satte kaffe over. Vi snakkede om alt mellem himmel og jord. Vi havde det hyggeligt, men tiden løb alt for hurtigt. Hun skulle også sydpå en hurtig tur og retur til centralen for at læsse. Vi snakkede lidt frem og tilbage, og hun kom til at sige, at hun havde en fantasi med en kvinde.

Jeg blev hurtigt våd mellem benene og kunne mærke, at hun ikke skulle sige ret meget mere om sex, før jeg eksploderede. Hun havde opfanget signalet og snakkede videre om emnet. Hun kom med detaljer om, hvad hun ville prøve, og det var mere, end jeg kunne klare.

Min hånd fandt frem til min våde mis. Fingrene legede blidt med mit venusbjerg, og jeg tænkte på, at det var Lenes finger, som legede der. Jeg sad med lukkede øjne og nød det, men pludselig kunne jeg mærke en hånd mere, og det var ikke min egen.

Kapitel 3

Jeg blev lidt forskrækket, og da jeg åbnede øjnene, så jeg lige ind i Lenes dejlig store, brune øjne. Hun smilede og fjernede blidt min hånd, for at hendes kunne overtage i stedet. Jeg sank sammen og lod hende overtage totalt. Hendes hånd gik på opdagelse, og da hendes fingre rørte mit venusbjerg, var det, som om et lyn ramte mig. Jeg spændte i hele kroppen og var på kanten til at komme. Men så holdt hun inde for i stedet at kysse mig og lege med mine bryster. Jeg var liderlig som aldrig før, og min egen hånd fandt frem til hende nu stive vorter under trøjen.

Da jeg begyndte at nulre dem, stønnede hun og bed lidt hårdere i mine. Hun slap grebet om mit bryst for at kravle om i køjen. Jeg fulgte godvilligt med som en lille hund, som skulle have en godbid. Hun trak trøjen af mig og begyndte at kysse mit maveskind for derefter at bevæge sig videre op til mine bryster. Hun holdt mine hænder, men det var ikke nødvendigt, for jeg gjorde ingen modstand. Hvorfor skulle jeg? Det var det, jeg havde drømt om så længe. Hendes blide berøringer, hendes hede ånde og vovede ord i mit øre. Jeg havde kun lyst til at røre hende, og da jeg ville tage min hånd for at føle på hendes bryst, holdt hun endnu hårde.

Hun rystede på hovedet, og jeg forstod. Hun var en domina. Hun fandt et klæde, som hun bandt mine hænder fast med. Der lå jeg hjælpeløs og liderlig. Hun strakte hånden op i den øverste køje og fandt et tørklæde i silke, som hun bandt for mine øjne. Jeg lå hjælpeløs og ventede med længsel på, hvad der skulle ske. Den ene hånd gik på opdagelse mellem mine lår og nærmede sig mit våde hul. Min krop spændtes som en bue, men hånden drejede af og fortsatte ned ad det andet lår. Jeg faldt sammen igen med et suk. Lene grinede let og legede videre.

Jeg roterede for at få hendes hånds opmærksomhed. Inden jeg vidste af det, blev noget stort og vådt presset op i min mis. Det fyldte mig helt ud, og jeg nød det. Spekulerede egentlig ikke på, hvad det var, men havde en ide om, at det var en dildo. Hvad mon hun ellers gemte rundt omkring i lastbilen??? Spændingen steg i takt med, at dildoen gik ud og ind af min våde grotte. Alt omkring mig forsvandt, og pludselig forsvandt dildoen og blev afløst af hendes tunge. Meget pirrende, og der gik heller ikke ret længe, før jeg kom i en stor orgasme. Hun blev ved med at slikke, selv om jeg vred mig som en ål, der var blevet fanget. Jeg svævede mellem himmel og jord og forsvandt i en rus.

Orgasmen stilnede hen, og jeg faldt dvaskt sammen i køjen. Lene løsnede båndene og bindet for mine øjne. Det første, jeg så, var et dejligt varmt smil og et kys på panden. Det eneste hun spurgte om, var, om det havde været godt. Jeg kunne ikke benægte det, da det var det bedste og mest spændende, jeg nogensinde havde oplevet. Vi lå arm i arm og råhyggede og snakkede om lastbiler. Det store emne var truckerfestivalen til sommer. Men ingen af os havde en dato, så vi blev enige om at finde ud af, hvornår det var, og at vi skulle følges derned. Det ville blive sjovt.

Lene kikkede på klokken og sukkede. Vi blev nødt til at komme sydpå for at få læsset af. Øv, vi havde det lige så hyggeligt, men hun lovede, at det ikke blev sidste gang, vi havde sådan en tur. Vi tog tøj på og satte os om foran. Hun smilede sødt og strakte sig hen mod mig for at give mig et kys. Spændingen steg, men vi skulle overholde vores tid. Lene startede, og vi trillede ud af pladsen. Hun tændte radioen, og den sydede.

Nogle chauffører, som havde holdt lidt længere henne, var i færd med at finde ud af, hvad som foregik. De havde set lastbilen gynge, men var ikke klar over, hvem som kørte den. Vi grinede lidt over deres perverse tanker. Vi besluttede at give dem en ledetråd. Vi kaldte dem over radioen og sagde: " Gæt hvem!" Så blev der stille i de næste 2 minutter. Så blev tavsheden brudt af en chauffør. "Hvad fanden, er det dig, Lene?" kom det fra ham. Vi grinede, og hun svarede ja. Det næste spørgsmål gik på, hvem hun havde med, og hvad der var foregået omme i køjen. Men der var ikke noget at komme efter. De fik det ikke at vide. Lene slukkede radioen, lænede sig over mod mig og gav mig et varmt kys. Jeg kunne mærke, min mis igen blev våd og lystig. Men sådan skulle det ikke være. Lene flyttede sig igen og sagde, at jeg måtte vente. Vi forlod centralen og kørte sydover. Da vi nåede bestemmelsesstedet, kunne jeg ikke sidde stille i sædet længere.

Jeg kravlede om i køjen for bedre at kunne nå Lene. Min hånd fandt hendes nakke, og jeg nussede hende. Hun brummede veltilpas. Jeg fortsatte og begyndte at kysse hende blidt. Det så ud til, at hun nød det. Min hånd fandt frem til hendes bryst, men stoppede der. Hun kørte, og jeg ønskede ikke, at der skete noget, nej, hun skulle bare pirres lidt. Vi rullede ind på pladsen ved aflæssestedet, men der var ikke kommet nogen endnu. Vi kørte over i et hjørne for ikke at holde i vejen for andre chauffører. Hun stoppede motoren og trak gardinerne for.

Jeg blev siddende, fordi jeg så kunne nå hendes dejlige, velformede bryster. Jeg stak hånden ind for at mærke dem, og som sædvanlig havde hun ingen bh på. Jeg legede med hendes vorter, som allerede var stive. Hun bøjede sig ned og kyssede mig. Jeg gengældte hendes kys, men så mit snit til at lægge hende ned i køjen. Hun gjorde ikke modstand, men nød det i stedet. Jeg tog hendes arme og bandt dem, mens min ene hånd gik på opdagelse.

Kapitel 4

Hånden forsvandt ned under puden, hvorefter jeg halede tørklædet frem og bandt det for hendes øjne. Jeg slap grebet i hende, og hun brummede veltilpas. Jeg kørte en finger ned ad hendes kind, videre ned ad hendes læber. Et støn efterfulgt af et "hmmm" undslap hendes læber. Jeg fortsatte ned ad halsen og nappede blidt i den. Min højre hånd gik på opdagelse ned til hendes bryst. Brystvorten var allerede stiv og rejste sig villigt. Da jeg strejfede vorten, vred Lene sig, og hendes stønnen tiltog. Nu vidste jeg, at hun var i min magt. Jeg kunne ikke dy mig for at nappe kærligt i dem. Mine læber lukkede sig omkring hendes vorte, og hun vred sig endnu mere. Man kunne mærke, hvor liderlig hun var. Jeg slikkede, nappede og suttede, til hun nærmest skreg på at få noget op i hendes våde grotte. Hun var ved at eksplodere af liderlighed.

Efter lidt slikkeri fjernede jeg mig fra hende for derefter at gå på kravletur ned til hendes fødder. Hun havde bare ben, og derfor kyssede jeg hver en stump kød, jeg kunne finde. Fortsatte op til knæet for at ende ved hendes våde mis. Safterne drev ned ad låret på hende, så liderlig var hun. Jeg bøjede mig ned og slikkede med tungespidsen safterne i mig. Jeg kunne mærke, at denne behandling lige var noget, som passede hende. Hun vred og vendte sig og skød underlivet frem, så mine fingre måske ville forvilde sig ind i hendes lystlagune. Men den fornøjelse skulle hun ikke have endnu. Jeg flyttede mig lidt væk og iagttog Lenes søgen efter min hånd. Underlivet jagede hånden, men den var væk.

Hun måtte vente lidt endnu. Jeg fjernede mig helt og lod hende ligge åben og blottet foran mig. Jeg nød synet af denne kvinde, som nu var helt i min magt. Jeg syntes, at det var synd for hende, så jeg kravlede forsigtigt om i køjen til hende. Lagde mig mellem hendes ben og lod min tunge cirkle omkring hendes klitoris. Efter kort tids legen skreg Lene sin orgasme ud. Mit slikkeri blev vildere, og hendes orgasme tiltog. Jeg pressede mine fingre op i hendes våde mis, hvor jeg blidt masserede hende. Orgasmen ebbede ud, og hun faldt ned i køjen igen. Nu havde hun lige oplevet himlen tur/retur. Jeg forbarmede mig over hende og slap hende fri af hendes lænker.

I stedet for at rejse sig og gå hev hun mig ned til sig. Hun kyssede mig blidt og inderligt. Legen blev vildere og voldsommere. Lene nærmest overfaldt mig, og inden jeg vidste af det, lå hun med hovedet plantet mellem mine ben og slikkede mis. Denne følelse, jeg nu fik, havde jeg aldrig oplevet før. Den var intens og dejlig. Lenes tunge blev krænget rundt de mest mærkelige steder og udforskede alt. Jeg kunne mærke blodet banke rundt i min mis, og jeg blev våd mellem benene. Forsøgte at holde nydelsen tilbage. Men Lene var snu, hun ville have min mis, og det skulle være nu. Hun lagde sig blidt oven på mig – kyssede mig og kælede for mine bryster. Jeg nåede hurtigt mit klimaks, og inden længe bølgede orgasmen gennem min krop. Jeg følte, at en brand løb gennem min krop, og jeg ønskede, at dette aldrig ville stoppe. Men den varede ikke ved. Jeg faldt sammen, træt og udbrændt – ville bare sove.

Da jeg var blundet godt hen, vågnede jeg ved, at jeg fik bind for øjnene. Jeg blev først skræmt, men faldt hurtigt til ro, da jeg fik et kys på panden. Lå lidt og lyttede efter lyde, men alt var stille. Pludselig hørte jeg døren gå. Jeg var med ét bange og flov – for hvad skete der???? Jeg hørte ingen stemmer, kun små puslende lyde, da personen hoppede op i lastbilen.

Kapitel 5

Jeg vidste, at det ville være en dårlig ide at sige noget – det ville bare blive værst for mig selv. I stedet lå jeg helt stille og afventende. Inden længe mærkede jeg igen Lenes hede kys mod min hud. Så vidste jeg, at hun var i gang igen. Pludselig var der endnu et par hænder på min krop. Hvem de tilhørte, anede jeg ikke, og jeg var på sin vis også ligeglad. Lene kælede for hele min krop, og det gjorde de andre hænder også. Jeg var i ekstase. Jeg følte, at der var hænder overalt, og at de blev flittigt brugt. En af de mange hænder gik i retning af min mis – jeg var skrækslagen. Men da der kom en finger glidende ned gennem min trekant og videre ned ad mine skamlæber – blev jeg helt salig.

Pludselig var frygten væk, blæst væk af liderlighed. Jeg vred mig, men kom ingen vegne. Håndjernene var begyndt at gnave og gjorde ondt. Den fremmede må åbenbart have gjort tegn til Lene om at fjerne dem, da det ikke var meningen, at det skulle gøre ondt. Lene løsnede håndjernene for derefter at kysse mine håndled blidt og ømt. Min smerte blev hurtigt afløst af lyster, da Lene nærmest overfaldt mine bryster. Kyssede, krammede, nappede – hun var overalt.

I mellemtiden havde de fremmede hænder fundet vej ned til min våde grotte. Alt omkring mig svømmede væk i en salighed. Inden jeg vidste af det, var der to fingre dybt oppe i mig. Åååhhh, det var simpelthen mere, end jeg kunne bære. Jeg kunne mærke, at endnu en orgasme nærmede sig. Jeg var ved at sprænges af liderlighed, ååhhh, hvor gjorde det godt! Den blide leg blev hurtigt optrækket til endnu en orgasme. Lene plantede sin mis på min mund, så jeg havde bare værsgo at slikke hende. Jeg lod tungen køre rundt hendes klitoris for at forsvinde ind i grotten. Hun stønnede og kørte missen rundt i hovedet på mig for at få mest muligt ud af det.

Det generede hende åbenbart, at jeg ikke havde hænderne fri, for hun løsnede dem, og jeg gik straks i gang med mit håndværk. Lod fingeren glide langsomt ind i hulen, udforskede den, fandt steder, hvor jeg ikke før havde været. Lene kunne ikke modstå denne behandling. Hun måtte holde fast i sædet ved siden af hende for ikke at vælte. Min behandling gjorde sin indvirkning, og inden længe kom hun i en enorm orgasme. Hele hendes krop rystede af denne bølge. Jeg kunne høre, at den anden også var ved at komme. Hun slikkede og blev ved, indtil jeg nåede mit klimaks. En utrolig dejlig følelse af få i alle huller. Lene var kravlet ned til den fremmede og var åbenbart begyndt at slikke.

Personen udstødte små klynkende lyde efterfulgt at et "ååhh, ja, nu kommer jeg." Mere hørte jeg ikke, for så rullede endnu en orgasme gennem min krop. Vi lå lidt, inden de rejste sig og satte sig om foran. Lene tog bindet af mine øjne, men jeg orkede ikke åbne dem endnu. Nej, jeg ville have følelsen til at vare lidt endnu. Da jeg langt om længe faldt til ro, kikkede jeg på Lene, som sad og smilede. En hånd aede mit lår, og da jeg kikkede op, så jeg en mørkhåret pige kikke intenst på mig. Det eneste, hun havde at sige, var – om det var godt. Det kunne slet ikke benægtes. Jeg satte mig op og trak en dyne op omkring mig. Sad og lurede lidt, var lidt nysgerrig efter at få at vide, hvem hun var. Lene kunne se mine øjne på pigen og fortalte, at det var en af hendes veninder, som også var chauffør. Lene mente bare, at jeg skulle prøve en trekant med en pige. Og hvilken trekant!!! Jeg lagde mig ned igen og tænkte over en ide til at komme til at slikke denne dejlige kvindes mis.

Pludselig slog det mig at spørge, om jeg måtte se hendes lastbil… "Jo, vi kan jo mødes oppe på centralen, for jeg har lige et par aflæsninger, og du er vel heller ikke færdig med din tur endnu?" spurgte Lene. Nej, det var jeg ikke, og klokken var også blevet mange. Så det var bare i orden med mig. Jeg takkede dem begge to for en pragtfuld oplevelse. Inden jeg forlod bilen, kyssede jeg Lene på kinden, men hun vendte siden til, så jeg kom til at kysse hende på munden. Hun smilede og sagde selv tak. Den mørkhårede skønhed fik samme tur som Lene. Men hun var endnu mere snu end Lene. Hun lod sin tunge gå på opdagelse i min mund. Det var svært at løsrive sig, men det var nødvendigt, da Lars holdt og ventede på mig. Jeg fik mig løsrevet, men jeg skulle love at komme igen. Det var der da ingen tvivl om, at jeg ville. Jeg steg ud af bilen og gik over til min egen, som Lars sad og ventede i.

Da jeg kom ind i bilen, sad Lars med et smørret grin. Han sagde ikke noget, men kikkede intenst på mig. Jeg smilede til ham og satte mig til rette i sædet. Han satte bilen i gear og kørte ud af byen mod motorvejen. Jeg må åbenbart have blundet, for jeg vågnede pludseligt, da bilen sagtnede farten. Lars var på vej ind på en rasteplads. Jeg tænkte, at han sikkert bare skulle på toilettet, men nej. Han havde andre ting i tankerne. Lars drejede ind på rastepladsen og kørte ind i en af båsene. Pladsen var næsten mennesketom, men et par enkelte lastbiler holdt og sov. Lars stoppede bilen, åbnede døren og gik ud.

Jeg blev forskrækket, da han åbnede min bildør og hev mig ud. Jeg stod lidt befippet, men da Lars kyssede mig prøvende, vidste jeg, hvad han ville. Han ville have del i det, som var foregået i dagens løb, mens han læssede af. Jeg gengældte hans kys og lod min tunge udforske hans hemmelige grotte. Mine hænder famlede sig vej ind under trøjen, hvor jeg fandt hans allerede stive brystvorter. Han sukkede tungt, og det var et tegn til mig om at fortsætte. Min hånd fandt ned i hans bukser og fik fat i hans stive lem. Jeg masserede det blidt, men det ville Lars ikke. Han ville hellere ride mig. Men hvor skulle vi gøre det henne? Folk kunne jo se os, hvis vi gjorde det, hvor vi stod, og inde i lastbilen gad Lars ikke. Nej, han var snu, han trak mig med op bag førerhuset, så jeg stod med ryggen mod trækkeren.

Trækkerens tomgang forplantede sig i mit underliv som en snurrende dildo i mit våde skød. Jeg var liderlig og tændt og ville bare have lem. Ikke noget med forspil, nej, lige på og hårdt! Og det fik jeg også. Lars løftede mig op, så jeg kunne slynge mine ben omkring hans liv, og han kunne få fri adgang til min sultne mis. Han behøvede ikke en invitation, for han hamrede sit lem helt i bund i min mis, og jeg udstødte et halvkvalt støn. Han hamrede sit lem ud og ind af min mis mens han masserede min dunkende klitoris. Der gik ikke mange minutter, inden min krop gennemrystedes af en orgasme, og jeg måtte klamre mig til Lars for ikke at falde ned. Lars satte tempoet ned for ikke at komme alt for hurtigt.

Da jeg var kommet lidt til hægterne igen, satte han mig ned og vendte mig om, så jeg stod bøjet over slangerne. Jeg skulle pirres lidt, inden jeg skulle pules sønder og sammen. Jo længere tid han legede, jo mere liderlig og våd blev jeg. Lars kunne heller ikke holde det ud ret meget længere, så han bankede sit lem helt i bund. Han red mig hårdt og inderligt, og inden længe

27

kom han med kaskader af sperm. Min mis blev fyldt med sperm, og jeg kunne mærke, hvordan han pumpede mig fuld. Han måtte støtte sig op ad traileren for ikke at falde. Jeg bukkede mig ned for at slikke hans lem ren. Lars brummede veltilpas. Jeg rejste mig op og tog tøjet på igen. Vi hoppede ned, kikkede os omkring for at se, om nogen havde set os, men det var der vist ikke nogen, der havde. Lars kyssede mig og sagde tak. Jeg smilede og tænkte: 'Kom du bare igen, så skal jeg vise dig.' Vi satte os ind i bilen og kørte nordpå.

Kapitel 6

På centralen sad Lene og Den mystiske kvinde og ventede på, at jeg skulle komme tilbage, så jeg kunne komme med over og se hendes bil. Den mystiske kvinde – vælger jeg at kalde for Line. Da Lars og jeg ankom til centralen, ventede Lene og Line på os. Lene var ved at køre, men Line stod og ventede. Lars skulle videre ned til vognmanden med bilen og så hjem. Jeg skulle egentlig bare hjem. Men hjem var ikke lige det, jeg havde i tankerne. Jeg sagde pænt farvel til Lars og takkede ham for denne gang. Jeg fik hurtigt pakket mine ting og blev guidet over i det modsatte hjørne af p-pladsen. Her holdt der en sølvfarvet trækker og så indbydende ud. Jeg gispede, da Lines hånd blev lagt på min skulder. Jeg kikkede på hende og blev mødt af et par varme og indbydende øjne. Bare ved hendes blide berøring kunne jeg mærke en varme brede sig i mit skød. Det føltes som en flammende ild, der bredte sig til resten af min krop. Line låste døren op og bød mig indenfor.

Jeg satte mig ind på passagersædet. Jeg kikkede nysgerrigt rundt og fik øje på en masse interessante ting. Bag gardinet hang der plyshåndjern. På bagvæggen var der et forhæng for, så gad vide, hvad der var bagved? Jeg var overbevist om, at jeg snart kom til at stifte bekendtskab med det. På gulvet stod der massageolie. Jeg var lidt nysgerrig, så jeg åbnede en af skufferne. Men jeg havde ikke mere end lige fået den åbnet, før den blev lukket af en kyndig hånd. Jeg kikkede op og så ind i Lines øjne. Med et hurtigt ryst på hovedet viste hun mig, at det var forbudt område. Line satte sig godt til rette og startede bilen. Da vi havde fået læs, kørte vi udenfor byen, hvor hun holdt ind på en rasteplads. Hun skulle holde 9 timers pause, og hvilke 9 timer!!!!!

Det første, Line gjorde, var at sende mig et frækt smil for derefter at trække gardinerne for. Da Line lænede sig ind over mig, strejfede hendes dejlige bryst mit ansigt. Jeg lænede mig frem og kyssede hendes bryst. Jeg kunne se, at hun havde lyster, da hendes vorte blev stiv og indbydende. Hun åndede let og lænede sig længere ned mod mig. Jeg forstod hentydningen. Min hånd tog fat om hendes bryst og begyndte at nulre vorten. Hun udstødte et dybt suk efterfulgt af en sagte klynken. Lines hånd fandt mit bryst, og hun fik krænget min bluse af og tog mit bryst i munden. Hendes hede ånde mod mit bryst resulterede i, at min mis nærmest drev. Jeg tog Lines hånd og hjalp den ned til mit varme og ventende venusbjerg. Line trak sin hånd til sig og trak mig om i køjen. Jeg blev lagt ned, mens Line kyssede mig de mest intime steder. Hendes kærlige hånd gik på opdagelse og blev mere og mere vild. Jeg kunne ikke lade være med at stønne sagte. Pludselig hørte jeg en stemme fra overkøjen, der spurgte, hvad vi havde gang i!

Kapitel 7

Jeg kikkede forskrækket op fra mit ellers dejlige projekt og så til min store forskrækkelse en lyshåret fyr kikke ned fra overkøjen. Jeg blev lidt flov over at ligge dybt begravet mellem Lines dejlige bryster og med hånden legende ved hendes mis. Jeg fik kun lov til at kikke ganske kort på fyren, før Line guidede mig tilbage til de to dejlige skabninger og den dejlige, våde mis. Jeg tog fat om det dejlig varme og faste bryst og førte det ind i min varme mund for at slikke, nappe og sutte kærligt på det, indtil Line skreg af fryd. Ud af øjenkrogen så jeg fyren i overkøjen betragte os. Først var jeg lidt betænkelig ved, at han så på os, men efter et stykke tid syntes jeg faktisk, at det var erotisk opstemmende.

Jeg blev våd mellem benene, og brystvorterne trak sig sammen. En ild i min krop spredte sig som en steppebrand. Jeg fik listet Lines bukser så langt ned, at jeg kunne få listet et par fingre ind til hendes lystlagune, som spændt ventede på mig. Jeg fik mig en glædelig overraskelse, da jeg opdagede, at hun var drivende våd; så havde min behandling virket. Jeg trak hendes bluse lidt op, så der kom lidt maveskind til syne. Line havde en sød lille diskret piercing i navlen. Det tændte mig yderligere. Jeg kyssede hende let på maven for at fortsætte ned mod hendes dunkende skød. Da jeg nåede hendes varme hule, skilte jeg hendes skamlæber ad og lod en finger cirkle omkring klitoris. Da min tungespids ramte hendes dunkende skød, skilte jeg hendes skamlæber ad og lod en finger cirkle omkring klitoris. Min tunge leg blev hurtigere, og jeg kunne mærke, at hun var ved at komme. Da jeg stak to fingre ind i hendes drivvåde grotte, gik der ikke to sekunder, før hun kom i et skrig. Hun skreg sin orgasme ud, trykkede mit hoved helt ind mod sin mis for at få det hele med. Jeg slikkede, suttede og finger red hende, indtil hun faldt dvaskt sammen.

Da hun var kommet lidt til sig selv igen, så hun på mig, smilede, lænede sig frem mod mig og kyssede mig. Først blidt, så mere intenst og krævende. Vores tunger mødtes, og legen begyndte. Nu var det min tur til at komme under Lines kyndige behandling. Hun lagde mig ned og tog mine arme op over hovedet på mig, hvorefter hun lagde dem i håndjern. Jeg var hverken bange eller flov, nej, jeg var bundhamrende liderlig. Jeg vidste, at der var noget i den skuffe, som jeg ikke måtte se, men som jeg kom til at mærke. Inden jeg vidste af det, havde Line givet mig bind for øjnene. Det var det mest ophidsende, der længe var sket.

Det var nok også, fordi jeg vidste, den lyshårede fyr lå og kikkede. Jeg mærkede et par fingre kredse i omkredsen af min våde mis efterfulgt af en interesseret tunge. Hvis det var, var jeg egentlig ikke klar over, men bare den blev ved med at slikke min dunkende klitoris. Tungen blev afløst af noget hårdt, som blev presset op i min mis for derefter at ligge stille. Så begyndte den at bevæge sig langsomt ind og ud. Pludselig startede en vibrerende følelse, som hurtigt bredte sig til resten af mit underliv. Jeg blev mere og mere liderlig, i takt med at dildoen kørte i et rasende tempo ud og ind. Jeg blev ført længere og længere mod min orgasme, men inden jeg nåede mit ultimative klimaks, blev dildoen trukket ud af min drivvåde mis. Jeg sukkede, men nåede ikke at tænke videre, for pludselig blev min mis fyldt ud af et dejlig fyldigt lem.

Jeg skreg af fryd, roterede med underlivet for at få mest muligt ud af det. Han pumpede med en sådan kraft, at der ikke gik lang tid, før jeg kunne mærke de første krampetrækninger bølge gennem min krop. Hver en muskel og fiber spændtes, jeg red på bølgen af mit klimaks. Jeg mærkede, hvordan fyren var på kogepunktet. Han trak sit lem ud og sprøjtede sin varme sæd ud over mine bryster. Jeg nød hvert sekund, Især da han smurte mine bryster ind i sin sperm, hvorefter han slikkede dem rene. Jeg fik et kick ud af det, og det blev endnu bedre, da han lod en finger stimulere min klitoris. Hans fingre skilte mine skamlæber ad, kærtegnede klitoris, og derefter stak han to fingre langt op i mig. Han begyndte at stimulere mit g-punkt, samtidig med at han slikkede mine bryster rene for sperm. Jeg ville ønske, at jeg kunne se, hvad som nu skete, for pludselig begyndte en tunge at slikke min klitoris. Åh, gud, det var dejligt, himmel og jord blev et, jeg svævede simpelthen på en lyserød sky. Jeg havde aldrig oplevet noget, som kunne være så dejligt, og jo mere han nussede mit g-punkt, jo mere fik jeg lyst til at skrige min orgasme ud. Orgasmen kom rullende som et tog i rasende fart. Et skrig undslap mine læber, før de blev omsluttet af Lines. Hun kyssede mig grådigt, inderligt og krævende, mens fyren igen slap sit tag i mig. Nu var det kun Line og mig. Line fortsatte med at kysse min hals, fortsatte ned til mine bryster, som hun slikkede helt rene for sperm. Tungen spillede på mit maveskind, legende og fræk. Line kørte en finger rundt om min navle, hvor jeg straks kom til at tænke på hendes piercing. Jeg nåede ikke at tænke tanken til ende, for spørgsmålet kom fra Line, om jeg ikke også kunne tænke mig en piercing i navlen. Det kunne være frækt at få lavet.

Da jeg ikke sagde andet end et halvkvalt "hmm", stak Line to fingre dybt ind i min våde mis. "Kan man så få et svar?" lød det fra Line. Hun pressede fingrene dybere ind, og jeg skreg af fryd. "JA JA JA JA," fik jeg fremstønnet. Lines fingre gik ud og ind af min våde mis som et stempel, samtidig med at hun nulrede min klitoris. Den næste orgasme var ikke mange sekunder væk, og denne gang fik jeg lov til at mærke, hvordan man virkelig kan nyde en anden kvinde. Orgasmen stilnede af, og jeg lå brugt og nød livet. Jeg følte at jeg var blevet misbrugt i den grad så det var helt forfærdeligt. Jeg var øm, mine arme gjorde ondt, og jeg kunne ikke mere. Jeg kunne høre, at fyren hviskede noget til Line, men jeg kunne ikke høre hvad. Jeg kunne høre, at skuffen blev åbnet. Mine lytte lapper blev bredt helt ud. Jeg skulle finde ud af, hvad der nu var i vente. Der var noget i skuffen, som også larmede. Andre håndjern måske? Tiden føltes utrolig lang, sådan som jeg lå alene og nøgen.

Pludselig blev håndjernene taget af, og to blide hænder smurte mine ømme håndled ind i noget lindrende olie. Hænder, håndled, bryster, mave og mis blev smurt ind i en kølende olie. Jeg svømmede totalt hen i nydelse og lod mine hænder gå på opdagelse for at finde ud af, hvem der var på spil. Men inden jeg nåede ret langt, blev mine hænder grebet og holdt fast. Hænderne blev igen ført op over mit hoved, hvor de igen blev bundet. Men denne gang var det ikke håndjernene. Det føltes utrolig blødt og smidigt, og så var det læder. Jeg mærkede, at manchetterne blev sat sammen med tynde kæder, så jeg havde mere bevægelsesfrihed. Mine ben blev spredt fra hinanden og bundet fast i fodenden, også med manchetter. Nu var der ingen vej tilbage. Jeg var fanget af to personer, som jeg egentlig ikke kendte ret godt, kun deres sexlyst. Jeg kunne ikke gøre noget, andet end at afvente, hvad der nu ville ske. Jeg mærkede noget, som legede med mine skamlæber. Jeg fandt hurtigt ud af det, da fyren bankede sit lem i bund i min mis. Jeg skreg af forskrækkelse og fryd. Han tog sit lem ud igen for at vende mig om på alle fire. Jeg fik et klap i røven og blev endnu engang efterladt. Jeg kunne høre, at fyren tændte en smøg. Han nød åbenbart at se mig blottet og bundet. Jeg blev hurtigt træt i benene og lagde mig derfor ned. Jeg havde ikke andet end lige lagt mig, da det første slag faldt. Jeg udstødte et skrig af bare forskrækkelse. Fyren sagde kun: "Rejs dig!" Af bare forskrækkelse rejste jeg mig op igen. Fyren klappede kærligt mine ømme balder. Jeg begyndte at kede mig lidt og begyndte derfor at vrikke lidt med røven. Endnu et slag faldt, og jeg klynkede højlydt, men lige lidt hjalp det. I stedet vendte fyren mit ansigt imod ham og stak sit lem i min mund. Så kunne jeg måske være ordentlig. Jeg lod min tunge kærtegne hans lem, suttede og slikkede af hjertens lyst. Fyren kunne åbenbart godt lide det, jeg havde gang i, for han stønnede og tog fat i mit hår. Jeg kunne mærke, hvordan hans lem voksede inde i munden; det blev større og større. Det var en ren nydelse. Men nydelsen varede ikke længe, for han tog sit lem til sig igen, men kun for at banke det i bund igen i min mis.

Line syntes åbenbart, det var synd, at min mund ikke længere var beskæftiget, så hun stoppede sit bryst i munden på mig. Så kunne jeg lege med det. Nu var jeg bare fyldt helt ud, ren nydelse. Fyren havde ikke ret langt igen, før han kom, kunne jeg mærke. Der faldt endnu et smæk på mine ømme balder. Line legede med sin mis, samtidig med at fyren hamrede sit stive lem ud og ind af min mis. Line fik møvet sig ind under mig, så jeg kunne slikke hendes mis, og hun kunne slikke min! Hvilken nydelse at blive redet og få slikket mis samtidig. Line bearbejdede både min klitoris og fyrens nosser. Line vidste lige, hvordan jeg ville have det, så hun fik mig til at komme i dagens nummer rigtig mange orgasme. Lige idet jeg kommer, trækker fyren sit lem ud og sprøjter på mine balder. Line var heller ikke helt upåvirket af mit tungearbejde. Hun stønnede, og underlivet roterede vildt. Line kom også i en voldsom orgasme, som rystede hele hendes krop.

Fyren flyttede sig, så vi kunne få lidt plads at lege på. Jeg slikkede nænsomt Lines klitoris for at få det hele med. Da Line havde ligget lidt og var kommet tilbage til overfladen igen, rejste hun sig op, så jeg kunne komme ned at ligge. Mine lænker blev løst, og jeg kunne fjerne bindet fra øjnene. Lyset blændede mig, men øjnene vænnede sig hurtigt til lyset. Line havde sat sig på førersædet og drak noget vand af en flaske, som hun derefter rakte mig. Jeg smilede og drak. Jeg kikkede på fyren; det var ikke en, jeg havde set før, men hvad gør det, når han er god i sengen? Jeg takkede for en pragtfuld oplevelse og vendte så næsen hjemad.

Kapitel 8

Klokken var 07.30 torsdag morgen, da telefonen ringede. Jeg vågnede langsomt op, bandende over telefonen, og tog den så. Det var John, der spurgte, om jeg var vågen. 'Din grr!,' tænkte jeg, men blev nødt til at tage det i mig igen. Han have vigtigt nyt. En af hans kollegaer havde sagt op, så nu var der en bil ledig. Problemet var, at den skulle køre kød til udlandet fredag morgen. John mente, at jeg skulle give hans vognmand et ring og tilbyde ham min assistance. Jeg skulle bare sige, at det var John, der havde bedt mig om at kontakte ham. Nu var jeg lysvågen, og adrenalinet pumpede rundt i hele kroppen. Endelig lidt spænding i den ellers så kedelige hverdag. Jeg fik nummeret på Karsten, hans vognmand, og et tidspunkt, hvor jeg bedst kunne fange ham. Jeg takkede John mange gange og lovede at ringe, lige så snart jeg vidste noget.

Klokken var nu blevet 08.15. Jeg besluttede at gå i bad, inden jeg ringede til Karsten. Jeg var nervøs og spændt. Var det mon mig, han valgte. Men bare at gå i bad var lidt svært. Jeg gik lidt rundt, fik mig en kop kaffe, kikkede lidt ud ad vinduet og fik taget mig sammen til at gå i bad. Jeg gik ud på badeværelset og tændte for vandet. Jeg standsede foran spejlet og betragtede mig selv lidt. Jeg syntes selv, at jeg var en pæn pige. Godt nok lidt buttet, men det sad de rigtige steder. Jeg kørte langsomt fingrene gennem mit lange, lyse hår, videre ned over mit varme ansigt med de frække blå øjne og de røde kinder. Tungen spillede på mine varme læber, mens mine fingre legede med mine brystvorter. Allerede ved den mindste berøring rejste de sig op, struttende, indbydende, lokkende. Ved mine blide berøringer blev den hårde og mørkerøde. Behandlingen af mine brystvorter gik lige i mis. Jeg kunne mærke, hvordan blodet begyndte at pumpe rundt i min mis. Jeg blev våd mellem benene og havde bare lyst til lem.

Da jeg kom tilbage til virkeligheden igen, tøffede jeg i bad. Men badet virkede kun forstærkende på min lyst, der ikke var blevet mindre. De varme stråler føltes som bløde, varme fingre, der blidt legede på min krop. Jeg tog håndbruseren ned og rettede dens varme stråler mod mit dunkende skød. Da strålerne ramte mit venusbjerg, var det, som om lynet slog ned. Jeg måtte bare have et par fingre begravet i min våde grotte. Jeg lod prøvende en finger gå på opdagelse for at finde ud af, at jeg var drivende våd. Mine safter flød i en lind strøm ned af mit lår. Jeg tog fingeren til mig for at føre den op til mine læber, så jeg kunne smage på mine egne safter. Og gud, hvor det smagte dejligt! Jeg måtte bare have mere! Jeg stak to fingre op i mit krævende skød. Safterne flød i rigelige mængder ned af mit ben. Missen dunkede, og alt omkring mig flød sammen i en rus uden lige. Jeg måtte sætte mig ned for ikke at falde og slå mig. Den ene hånd nulrede klitoris, og den anden var dybt begravet i mit våde hul. Der var nu tre fingre dybt begravet. Jeg var bare i den syvende himmel. Men min himmelrejse blev pludselig afbrudt af telefonens irriterende kimen.

Jeg rejste mig lidt fortumlet op, gik ind til telefonen, løftede røret og knurrede irriteret – Hvem? Det var såmænd John i den anden ende. Han ville bare lige vide, om jeg havde snakket med Karsten. Jeg kikkede på klokken og gispede – jeg havde glemt tiden. Jeg bandede og undskyldte, at jeg måtte løbe. Jeg smækkede røret på og skyndte mig at ringe Karsten op. Røret i den anden ende blev taget, og en dyb stemme sagde: "Karsten." Jeg præsenterede mig og sagde, hvad sagen drejede sig om. Til min store overraskelse vidste Karsten allerede, hvem jeg var. John havde nemlig ringet tidligere på dagen. Karsten lød meget varm og imødekommende og var nem at snakke med. Efter en længere snak på næsten en halv time syntes han, at jeg skulle komme ned på hans kontor samme eftermiddag. Jeg skulle bare huske mine personlige papirer. Lige inden vi sluttede samtalen, spurgte han, om jeg kunne køre med det samme, hvis vi blev enige om, at det skulle være mig, der fik turen.

Og hvad svarer man til sådan et spørgsmål? Ja, selvfølgelig. Jeg fik adressen og den besked, at jeg skulle være på kontoret kl.16. Jeg takkede og sagde på gensyn. Efter at jeg havde lagt røret på skyndte jeg mig at ringe til John og fortælle ham den gode nyhed. Han ønskede tillykke og undskyldte, at han havde forstyrret mig midt i at onanere, og håbede, at jeg kunne genoptage arbejdet. Det kunne jeg ikke lade være med at grine af. Jeg sagde, at det var helt i orden, når det nu var noget, som var vigtigt. Jeg spurgte John om, hvornår vi kunne mødes igen, for så ville jeg give middag. Han var godt nok ved at læsse, så vi måtte lige snakkes ved senere. Efter samtalen gik jeg i bad igen for at blive ren. Denne gang forsøgte jeg at holde mig i skindet, selv om at det var svært. Efter jeg var blevet ren, gik jeg ind i soveværelset for at finde noget rent tøj. Men egentlig orkede jeg ikke, så i stedet smed jeg mig på sengen for at hvile mig lidt.

Tankerne vandrede, og jeg tænkte på det, som var foregået i badet. Jeg lod mig rive med, og mine hænder begyndte at vandre. Mens den ene hånd ivrigt masserede brystet og vorten, forsvandt den anden ind under puden og fandt dildoen. Min dildo er en lille, sød fyr på 25 cm, og så har den forskellige hastigheder. En virkelig nydelse. Den blev langsomt ført ned til min dunkende mis, der bare hungrede efter noget stort og varmt. Alt omkring mig blev sløret, og det drejede sig kun om min orgasme. Dildoens heftige leg mod mit venusbjerg resulterede meget hurtigt i en mega orgasme, som hele nabolaget nok kunne høre. Efter at have sundet mig lidt fandt jeg et par tætsiddende cowboybukser frem, som fremhævede min hjerteformede røv. Problemet kom først, da jeg skulle finde en trøje, for de fleste var til vask. Men jeg fandt en lille rød, kortærmet sag, som fremhævede mine dejlige bryster. Med hensyn til undertøjet var der slet ingen tvivl om, hvad det skulle være. Mit favorit sæt. En rød, næsten gennemsigtig bh og en g-streng. Jeg kikkede på klokken. Sørens, klokken var blevet mange, og jeg skulle bare se at komme ud af døren. På vej ud fik håret lige en omgang med børsten, og så var det bare af sted til Sønderjylland.

I bilen på vej sydpå sad jeg og tænkte på, hvordan det ville gå. Jeg var træt af at køre afløser ture, når der var nogle, som skulle have fri. Man havde aldrig de samme kollegaer eller biler. Generelt var jeg træt af de danske motorveje. Jeg ville bare sydpå igen. Bygningen, hvor Karstens kontor lå, var nem at finde. Jeg kastede bilen ind på en parkeringsplads, steg ud og kikkede mig lidt omkring. Vejen op til Karstens kontor var meget lang. Mit hjerte bankede som aldrig før. Jeg stod et øjeblik uden for kontoret for at få vejret. Jeg måtte samle mit mod til for at banke på døren. Nå, men ind, det skulle jeg. Så jeg bankede på døren, og et "kom ind" lød fra den anden side af væggen. Ovre i hjørnet sad en ung mand på – ja, jeg vil gætte på ca. 35 år og kikkede nysgerrigt på mig. Smilende lukkede jeg døren bag mig og gik over til skrivebordet. Karsten rejste sig og gav mig hånden. Jeg præsenterede mig kort, og så gik snakken. Om, hvor jeg havde kørt henne før, speditører, vognmænd osv. Karsten præsenterede også sig selv. Han var egentlig en flot fyr, i betragtning af at han var 38 år gammel. Gift med et flot stykke kvindfolk, som han også havde to børn sammen med. Han var utrolig charmerende, kort brunt hår, en skarp hage, brede skuldre, slank talje, ca. 178 cm høj og et frækt smil. Det flotteste var nu hans himmelblå øjne – generelt en flot fyr.

Mens jeg sad og studerede ham, fortalte han om firmaet og hvad de kørte med. Karsten spurgte, om jeg havde kørt med ophængt kød før, da det var meget af det, de kørte til udlandet med. Det kunne jeg jo kun svare ja til, da jeg havde haft nogle ture rundt om i Danmark for at hente kød til slagterierne. Det var åbenbart lige det, han ville høre, for han lyste helt op og bad om at se mine papirer. Han nikkede og gik hen for at tage en kopi af dem. Da jeg fik papirerne tilbage igen, gav han mig hånden og sagde "velkommen til." Han havde allerede fået gode anbefalinger fra John, så han var slet ikke nervøs. Han spurgte, om jeg kunne starte med det samme, og hvem siger nej til et job? Der skulle nemlig læsses ophængt kød til udlandet samme aften, men han manglede en chauffør. For at jeg ikke skulle fare helt vild havde han sørget for, at der var to andre biler, som skulle samme sted hen. Retur læs vidste han ikke, hvad blev endnu, med det ville han sende på faxen, når han vidste mere. Jeg var nysgerrig og spurgte om, hvor mange biler han havde, hvilken trailer han kørte med, og hvor mange mennesker han havde ansat. Karsten grinede lidt og fortalte så, hvad han havde. Han måtte tilstå, at det hele var lidt kaotisk, så jeg fik en Renault at køre i indtil videre, da det var den eneste bil, han havde hjemme. Jeg syntes, det var spændende at prøve noget nyt, og glædede mig til at prøve et sådant monster. Karsten syntes da, at jeg skulle tage min jakke på og så følge med ham ned i gården og se på bilen, da det var hans egen, jeg skulle køre i. Vi gik ned ad trappen og over i et fjernt hjørne af pladsen.

Her stod en nat sort Renault med bordeauxrøde stafferinger og firmanavn. Over døren var monteret to store horn i hver side. Det skulle da være sådan, at man kunne høre ham, når han kom. Dem elskede han at skræmme gamle damer med, når de gik over lige foran ham uden at se sig for. Karsten åbnede døren og bød mig indenfor. Da jeg var kommet op, kastede jeg et blik rundt og øjnede straks mulighederne for at lave andre og mere spændende ting end lige at køre i den. Den var plysset overalt, og gardinerne var bordeauxfarvede. Den samme farve var sæderne. Man skulle tro, han var forelsket i den farve, men pæn var den nu. Køjen var dejlig bred, og der var en rigtig god madras i med indlagt varme, så man ikke frøs om sin popo. Jeg sad bare med åben mund og kikkede. Karsten derimod grinede og sagde, at det var hans andet hjem, så jeg måtte passe godt på det. Efter de havde fået børn, kørte han ikke så meget mere, men han nænnede ikke at skille sig af med bilen. Karsten spurgte, om jeg havde tøj og sengetøj med. Av, den var værre. Det havde jeg slet ikke tænkt på. Men også det problem kunne Karsten løse. Jeg skulle bare hente traileren og køre den til rampen. Så kunne jeg køre hjem efter mit tøj osv. Jeg takkede mange gange og fløj så lavt, jeg kunne. Inden længe var jeg igen på motorvejen nordpå.

Kapitel 9

Efter en lang køretur nordpå og tilbage igen kørte jeg over til lastbilen for at fylde mine ting i den. Bilen var låst, så jeg gik ind på kontoret for at høre, om Karsten havde lagt nøglerne der. Det havde han, sammen med en besked om, at jeg skulle indfinde mig på kontoret, når jeg var færdig med at fylde mine ting over. Jeg kørte over til Karsten for at se, hvad han ville. Da jeg kom ind på kontoret, snakkede han i telefon. Han nikkede og pegede på stolen. Jeg satte mig ned og ventede. Da han var færdig med samtalen, spurgte han mig, om jeg var kommet i orden. Og selvfølgelig er man da det. Det tager ikke så lang tid. Han havde gjort alle papirerne klart til mig, så jeg bare kunne køre over og sove, indtil lagerfolkene var færdige med at læsse min bil med kød. Karsten tilbød at køre mig over til lastbilen, så jeg kunne få noget søvn. Inden han satte mig af, fik jeg den besked, at de andre tre mænd nok kikkede forbi, inden de kørte. Jeg takkede, og begav mig ind til lageret for at høre, hvornår de forventede, at jeg var færdig. Der gik nok 4-5 timer, inden jeg var færdiglæsset, så der var tid nok. Jeg tøffede tilbage til bilen, hvor jeg satte vækkeuret og krøb i seng.

Tre timer senere bankede det på døren. Det var en af folkene inde fra lageret med besked om, at jeg godt kunne køre fra rampen. Jeg kørte væk, fik lukket dørene og startet kølemaskinen. De tre andre var ikke færdiglæssede endnu, så jeg kørte over på p-pladsen og holdt, indtil de var klar. Der gik ikke mere end en lille time, så var de andre klar til afgang. En af dem kom over for at præsentere sig selv. Han hed Jan. Han sagde, at vi skulle køre ud på vejen og vente på de andre, da pladsen var trang. Vi kørte ud på vejen og ventede på, at hovederne kunne få snøvlet sig færdig. Inden længe kom de to andre, og vi kørte alle ad motorvejen sydpå. Vi snakkede sammen over walkien, og de to andre præsenterede sig. Ham, som kørte Volvoen, hed Ole, Ivecoen blev fløjet af Torben, og Jan brummede derudad i Scaniaen.

Vi drønede sydpå, og efter 4½ time holdt vi ind på en rasteplads for at holde tre kvarters pause. Pausen blev brugt til at drikke kaffe i og hygge sig. Pausen var hurtigt overstået, og så var det ellers bare med at komme ned over cykelstien. Tiden gik med snak og kaffedrikning. Vi var alle enige om at gå ind på hotellet for at få noget godt at spise. Det blev til rigelige mængder af mad og vin, og vi fandt ud af, hvem hinanden var, og hvad vi havde lavet tidligere. De havde hørt, at det var Karstens bil, jeg havde fået lov til at låne, og de mente, at jeg måtte være noget specielt, når jeg havde fået lov til at låne den. For han lånte den ikke ud til hvem som helst. Jeg sagde, at jeg ikke var hvem som helst – det fik vi en masse sjov ud af.

Efter at vi havde spist, mente vi, det var på tide at gå i seng. Vi skulle jo have lidt søvn, inden vi skulle videre. Vi havde været så heldige, at vi alle fire kunne holde ved siden af hinanden, så vi kunne snakke sammen. Under middagen havde jeg siddet og studeret de tre mandfolk. De så egentlig halvgodt ud, så dem skulle jeg nok få noget sjov ud af. Vi sagde godnat og gik hver til sit. Jeg trak gardinerne for, tog tøjet af og lagde mig under dynen.

Jeg kom igen til at tænke på de tre mandfolk og deres velvoksne lem. Jeg strakte min arm op under hovedpuden og hentede min dildo frem. Jeg forestillede mig, hvordan det måtte være at have tre fyre på en gang. Jeg kærtegnede mine brystvorter, mens jeg lod dildoen lege i min våde grotte. Jeg var våd som aldrig før, og mine tanker fløj rundt. Jeg tænkte på, hvordan det ville være at blive redet af Jan. Efter bulen i bukserne at dømme havde han vist et ordentligt lem, som jeg gerne ville lege lidt med. Dildoens leg resulterede i, at den første orgasme kom buldrende som et godstog. Jeg red på bølgen, og da den stilnede af, syntes jeg, at jeg trængte til mere. Jeg vendte mig om på alle fire for at fortsætte min heftige dildoleg. Jeg elsker at få den bagfra, mens jeg får stimuleret min klitoris. Denne gang kom orgasmen rullende kraftigere end før, og den var ved at vælte mig omkuld. Jeg skreg min orgasme ud, vred og vendte mig – åh gud, det var godt! Da jeg var kommet lidt til

48

mig selv, satte jeg mig om på førersædet for at få lidt frisk luft. Da jeg trak gardinet fra, sad der tre mandfolk og kikkede intenst på mig. De smilede og spurgte, om det var godt. Jeg grinede og svarede: "Ja, men det kunne da godt være bedre." De mente, at de måske kunne være behjælpelige med et par hænder eller seks. Det grinede vi lidt af, men jeg mente, at jeg hellere måtte få sovet, da vi snart skulle køre igen. Vi sagde godnat og gik til ro. Efter at vi havde sovet, gik turen videre ned gennem Europa.

Kapitel 10

Tiden blev brugt på en nærliggende restaurant, hvor der blev gået til den. Der blev drukket og spist i rigelige mængder; skulle man more sig, så skulle det gøres ordentligt. Men der gik ikke ret lang tid, inden vi alle fire blev enige om at trække os tilbage, inden vi blev alt for fulde. Drengene snakkede om, at når vi nåede Spanien, skulle de på Club og duske et par damer eller ti. De sad i deres ti hestes brandert og snakkede om, hvem der havde det længste lem. Det var ved at blive lidt kedeligt at høre på, så jeg foreslog, at de skulle vise dem frem, så jeg selv kunne bedømme, hvem der havde det største lem. Den var de alle tre med på, men de mente ikke, at de var mænd nok til at smide bukserne inde på restauranten.

Så vi besluttede at gå ud i en af bilerne og finde ud af, hvem der havde vundet. Vi betalte og stavrede ud til bilerne. De tre herrer mente afgjort, at det skulle være min bil, da de ville se den indvendig. Det blev hurtig vedtaget, da den også var den af bilerne med den største hytte. Alle mand kravlede op, og der blev piftet, da de så bilens inventar. Alle var rørende enige om, at det var en scorebil. Ole og Torben satte sig på forsæderne, mens Jan og jeg kravlede om i køjen. Der blev åbnet en omgang øl, og vi skålede. Jan mente, at jeg var en pige, som virkelig var værd at lære at kende, også på de mere intime punkter. Det mente de andre også, og jeg vidste, hvad de mente. Vi skålede og drak et par øl til. Stemningen var i mellemtiden blevet mere løssluppen. Da jeg så bulen i deres bukser, vidste jeg, at jeg kunne få dem til hvad som helst, og det passede mig fint, for jeg ville styre slagets gang. Jeg delte min ide med de andre, og de syntes, at det var helt fair. Jan var den første, der rejste sig og smed tøjet. Jan var omkring de 30 år, kort lyst hår, brune øjne, muskuløs, ca. 165 cm høj, havde hår på brystet og var gylden brun.

Men det bedste kom nede i underbukserne. Her havde han gemt en ordentlig møbelbanker af et lem. Ca. 20 cm lang og 3 cm i diameter. Det var et stykke legetøj, pigerne var vilde efter. Han havde glatbarberede nosser og en minimal bevoksning over sit lem. Et syn for guder, som den stod der, stiv og strunk, og vippede indbydende. Jeg blev hurtigt våd mellem benene – jeg ville bare smage Jans tryllestav. Jeg flyttede mig fra køjen, så Jan kunne lægge sig ned. Jeg lagde mig på knæ foran køjen, så jeg bedre kunne komme til. Jeg kærtegnede hans nosser, mens min tunge spillede på hans glans. Det var noget, han kunne lide, for hans lem voksede yderligere. Jeg tog hans stive lem i munden og suttede af hjertens lyst. Jan stønnede højere, tog fat om mit hoved og mundred mig. Jeg kunne mærke, at han var ved at komme, meeeen det var ikke planen. Jeg slap hans lem, kyssede hans maveskind, brystvorter, og til sidst fik han et ordentligt tungekys ud over det sædvanlige. Jan puffede mig blidt nedad igen, så jeg kunne genoptage, hvad jeg havde forladt. Jeg tog igen hans lem i munden, men denne gang var det for at sluge det næsten til roden. Det var noget, han kunne lide, for han kom næsten med det samme. Det giver mig et kick at se, hvor langt jeg kan sluge en mands lem, og mænd tænder virkelig på det. Da jeg havde malket Jan tør for sperm, slikkede jeg mig om munden. Jeg skulle lige have det sidste med.

Torben og Ole havde overværet hele sceneriet og var ikke helt upåvirkede. Ole lod en hånd kærtegne min røv og gav den et par hurtige klap. Jeg brummede lidt og vrikkede med røven, som om jeg ville havde mere. Torben var kravlet om i køjen, hvor han nu lå og kyssede mig, mens jeg stadig legede med Jans lem, som var blevet stift igen. Ole kyssede mine balder, mens hans fingre kærtegnede min våde mis. Safterne sejlede ned ad mine ben, og da Ole opdagede det, blev han helt vild. Han fik møffet sig ned mellem sæderne, så han kunne slikke mine ben rene for mine safter. Så havde han frit udsyn til min mis, som vuggede indbydende. Den tog han under kærlig behandling. Torben kyssede mig stadig, mens hans ene hånd legede med mine brystvorter. Jeg stønnede svagt, men fik ikke sagt meget, da det, disse tre pragtfulde mænd gjorde, var alt for ophidsende. Ole slikkede nu på livet løs, mens hans fingre ivrigt legede på min klitoris. Der gik ikke lang tid, før orgasmen bølgede ind over mig, og jeg måtte slippe alt, hvad jeg havde i hænderne, for ikke at miste balancen. Jeg skreg min orgasme ud og krammede dynen.

Da jeg var kommet til mig selv igen, vendte jeg mig om og så direkte ind i et par grønne øjne og et varmt smil. Jeg fik stukket en øl i hånden, så jeg kunne få lidt væske indenbords, så jeg i hvert fald ikke døde af tørst. Mens jeg tømte min øl, rejste Ole sig op og begyndte at tage tøjet af. Da T-shirten røg, kom der et par brede skuldre til syne, en veltrænet mave og en piercing i højre brystvorte. Bukserne røg samme vej, og jeg konstaterede, at han ingen underbukser havde på. Han mente, at det var nemmere, når han skulle pisse. Det grinede vi lidt af. Jan lå stadig i den ene ende af køjen og Torben i den anden. De må åbenbart have set hinanden før, for det rørte dem ikke at se hinanden nøgne. Det var kun et plus for mig, for så vidste de, hvordan de skulle gøre en kvinde vild. Jeg kikkede på Ole, da han havde fået smidt alt tøjet. Han havde lyst strithår, dybgrønne øjne, et sødt, rundt ansigt og det mest perfekte tandsæt, jeg nogensinde havde set. De var fuldstændig hvide, og så havde han altid et smil på læberne. Hans lem var nu vokset til fuld størrelse. Det var godt nok ikke så stort som Jans, men det var tykt som bare pokker. Han var ikke glatbarberet som Jan, men havde heller ikke et vildnis. Det passede bare til ham. Han havde en sød lille topmave, så generelt var han bare cute. Jeg tog fat i hans ene balde og aede den lidt. Jan smilede og sagde, at man skal have et par ordentlige balder, så man har noget vægt, når man skal helt i bund. De andre to var helt enige. De hyggede sig omme i køjen med deres øl.

Ole tog fat om sit lem med den ene hånd. Jeg blev helt forbavset over hans kraftige, store hænder. 'En ordentlig lap, og tænk på, hvad den hånd kan udrette, ' tænkte jeg. Ole mente, at nu var det vist på tide, at jeg fik smidt den trøje. Meningen var den samme hos Jan og Torben. Jeg krængede trøjen af og afslørede et par pæne, velformede bryster, min lille topmave og de brede skuldre. Jeg holdt min trøje ind til kroppen, så den ikke afslørede mine fejl. Ole spurgte, hvorfor jeg gemte mig bag trøjen. Jeg fortalte, at jeg var ked af min topmave, og at mine bryster hænger lidt. Ole, Torben og Jan mente, at det var en gang fis, for jeg så pragtfuld ud. Sådan skulle jeg bare se ud, og de syntes, at det var et pragtfuldt syn. Jan og Torben væltede mig bagover, så de kunne komme til mine nøgne bryster. Ole fik fornøjelsen af min våde mis, og den chance forspildte han ikke. Han begyndte igen at kærtegne min våde mis, mens Jan kyssede min mund og mit ansigt. Torben nulrede mine stive brystvorter, og det var noget, de kunne lide. Jan mente, at det var Torbens tur til at få suttet den af. Ole havde ikke tid, da han havde hovedet begravet dybt i min våde fjams, og han nød det. Torben vendte sig om og tog sit lem frem. Jeg smaskede og slikkede mig om munden. Torben drillede mig lidt, inden han stak sit lem ind i min åbne mund. Hans lem voksede, i takt med at det gik ud og ind mellem mine læber. Jan sad og kikkede på mine færdigheder som lem slikker. Ole mente, at han ville have mis, og det skulle være nu. Han rejste sig op på knæ og hamrede sit lem helt i bund. Jeg slap Torbens lem et øjeblik for ikke at bide ham i det. Jeg stønnede af bare nydelse. Jeg var helt elektrisk.

Ole red mig bagfra, og Torbens lem havde jeg i munden. Jan sad og legede med sig selv. Jeg syntes, det var synd for ham, så jeg spurgte sødt, om jeg ikke måtte vende mig om, så jeg kunne sutte dem begge på en gang. Ole mente ikke, at han ville slippe mig, så hans svar var et par klap på mine balder. Men alligevel fik jeg lov til at vende mig om, så jeg kunne nyde det. Ole syntes, at det var på tide, at Jan fik dyppet snablen. Ole satte sig på sædet for at nyde udsigten, når Jan joggede sin møbelbanker i min våde mis. Torben fik nu lejlighed til at slikke mine bryster og lege med dem, mens Jan fik møffet sig på plads bag ved min vuggende røv. Jeg bad Jan om at komme lidt forsigtigt med den møbelbanker, da jeg ville nyde hans lem i fulde drag. De andre grinede og mente, at jeg bare skulle have lem i alle huller. Inden Jan gik om bord i min mis, skulle den slikkes lidt. De så pludselig, at jeg var barberet, og at der var en lille stribe hår tilbage. Jan strøg en finger over min barberede mis og strejfede min klitoris. Jeg var lige ved at komme, men det var ikke lige drengenes planer. Nej, Jan ville ikke vente længere, han ville have mis nu! Langsomt, men sikkert gled hans lem ind mellem mine skamlæber. Jeg var våd som aldrig før, så jeg havde ingen problemer med hans lem. Det fyldte mig helt ud, og gud, hvor var det skønt! Aldrig har jeg været så liderlig som nu, og jeg ville bare have mere. Torben havde sit lem plantet i min mund, og Jan sin møbelbanker dybt begravet i min mis. Ole sad og spillede lem, og lige inden han kom, rejste han sig op og sprøjtede sin sperm ud over mine bryster. Inden længe fulgte Torben med sin ladning sperm i min mund. Jan fortsatte som et sprudlende damptog, indtil han kom i store sprøjt ud over mine bryster. Ole sad og nød synet af mig blive overspermet, og jeg nød det. Torben sad og kikkede på det hele med sin øl i hånden. Da Ole var kommet lidt til sig selv, satte han sig i den ene ende af køjen, mens jeg lå i den

Kapitel 11

5 timer senere bankede det på døren. Jeg kom søvndrukkent til mig selv og fik mig famlet hen til vinduet for at se, hvad der skete. Det var bare Torben, Ole og Jan. De ville bare oplyse mig om, at der var mad i Scaniaen, inden vi kørte videre. Jeg takkede og prøvede at vågne. Jeg var ør over hele kroppen efter aftenens bunkepul. Jeg tog tøj på og bevægede mit korpus over til Scaniaen for at få noget kaffe. Torben, Ole og Jan var allerede godt i gang med morgen complet'en, og snakken gik lystigt om aftenens begivenheder. De smilede alle tre, da jeg væltede ind i bilen. Jan flygtede om i køjen, så jeg kunne komme forbi, men jeg havde ikke set, hvem der sad hvor og hvorfor ikke. Jeg væltede videre om i køjen og landede lige i skødet på Jan. "Morgen," lød det fra Jan, og jeg fik det varmeste smil, jeg længe havde set. Jeg undskyldte, at jeg var kommet væltende på denne måde, men jeg var stadig lidt fortumlet efter aftenens drukgilde og rideturen. De grinede alle tre og takkede mig for en pragtfuld aften. Det var noget, de længe havde haft lyst til, men det skulle ikke være med en af de tøser, man samler op ved overgangen Frankfurt-Oder.

Jeg fik hældt en kop kaffe op og stukket et stykke brød i hånden. Mens jeg lystigt gumlede løs, gik snakken om, hvordan det var at køre østover. De havde alle tre været den vej over, men brød sig ikke om at samle nogen af pigerne op der. Man skulle jo nødig have mere med hjem, end da man tog derover, en dryppert eller torpedohøns. Jeg sad lidt uroligt i køjen, for jeg var lidt øm i mine stakkels skambamser. Jan spurgte, om der var noget i vejen. Jeg svarede, at jeg var lidt øm efter aftenens ridetur, men at det havde været dejligt at få noget, man længe havde savnet. De smilede og sagde, at de altid stod til min disposition. 'Ja, se det er jo en god ting altid at have et lem ved hånden, når man bliver legesyg, ' tænkte jeg, så jeg takkede pænt ja til deres tilbud. De måtte indrømme, at det var første gang, de alle tre havde været sammen med en pige. Torben var ny i kredsen. Han havde ikke været med til bunkepul sammen med de to andre. Derimod havde Jan og Ole kørt sammen en del år og havde en del erfaring med en pige i deres midte. Torben undskyldte, hvis han ikke havde været så god, da det var første gang, han delte en pige med to andre mænd. Jeg smilede og aede ham på kinden. Jeg syntes, det havde været en pragtfuld oplevelse, og ville gerne have mere fra den skuffe. Kaffen blev drukket, og brødet blev spist, og inden længe var vi på cykelstien igen og på vej sydover.

På vejen nedover gik snakken lystigt om vores nyfundne fælles interesse. Vi syntes alle, det var meget sjovt, for vi kørte for hver vores firma og havde egentlig ikke noget specielt med hinanden at gøre.

Altså ud over vores sexlyst, men det var ikke med hvem som helst. Jan og Ole havde længe været på jagt efter en sød pige at eksperimentere med, men havde ikke rigtig kunnet finde nogen. Jeg blev nysgerrig efter at vide, hvor Ole og Jan havde mødt hinanden henne, siden de delte piger sammen. De havde alle sammen mødtes på den sammen Club i Spanien. Den ligger rundt om svinget på den direkte vej til Portugal. Jo, den kendte jeg godt, for jeg havde selv været der et par gange sammen med nogle af kollegaerne på en tur Spanien. Jan og Ole havde fulgtes derned sammen, og der var stødt flere danske chauffører til. Så var de alle endt på Club og var gået på pigejagt og druk. Da de havde bunket et par piger, var de faldet i hullet i baren. Her sad en god del andre danskere, så det var da så nemt. Torben havde siddet alene i et hjørne af baren, men ikke ret længe. Ole er fræk og frejdig og elsker at møde nye mennesker, så i sin ti hestes brandert var han stavret over til Torben og havde bedt ham lette sin røv og sætte sig over til de andre. Først havde Torben virket lidt skræmt, men Ole havde beroliget ham og sagt, at han ikke gjorde ham noget, og at det var en flok stille og rolige chauffører.

Det havde åbenbart hjulpet, for han tog da sin øl og fulgte med over til de andre. De faldt godt i hak sammen, de tre, og siden har de været sammen, når de skulle nogle steder. Men det var første gang, Torben havde været med til at ride en pige sammen med de to andre. Snakken den aften var endt med, hvad de godt kunne lide at gøre ved en pige. De var alle tre blevet enige om at tage tøsen bagfra og så nulre hendes brystvorter. Ellers var favoritten at få suttet lem, og det kunne de alle tre blive enige om. Og siden havde de stort set kørt sammen. Det passede så fint med, at da de var færdige med at fortælle om deres første møde, var vi 4½ time nede og skulle holde tre kvarters pause. Vi drønede ind på en tankstation og fik sat kaffe over. Vi stod og snakkede uden for bilerne og ventede på, at kaffen blev færdig. Knejterne snakkede om, hvad de skulle nedlægge, når vi kom til Clubben. Jeg stod og lyttede til deres små julelege og fikse ideer. "Pral," sagde jeg og forsvandt op i bilen.

De tre fyre vendte sig mod mig som et stort spørgsmålstegn. Jan kom luskende om til døren og spurgte, om han måtte komme ind. Jeg kikkede lidt på ham og sagde, at det måtte han godt. Han ville undskylde for det, de havde snakket om, men de var jo kun mænd, og de glædede sig til at komme på Club igen, da det var længe siden, de sidst havde været der. Jeg kikkede ned og spurgte, om jeg ikke havde været god nok. Jan smilede og trådte op på trinnet. "Jo," sagde han, "men vi ved jo ikke, hvor længe vi skal følges ad, og så vil vi ikke sætte alt for store forventninger om, hvor meget sex vi kan nå. Vi er jo snart i Portugal, og vores veje skilles. Du skal følges med Ole, da han skal læsse af ved næste nabo. Vi andre skal hver sin vej, og det er ikke sikkert, at vi kan følges hjem. Men vi må da bare nyde den tid, vi har tilbage, inden vi skilles." Jeg smilede, lænede mig frem og kyssede ham. Han gengældte mit kys, og stemningen blev lidt mere varm. Jan kom ind til mig og satte sig ned. Jeg famlede mig vej til hans bukser, lynede dem ned og tog hans møbelbanker ud. Den hang slapt ned, men ikke ret længe. Jeg tog hans kæmpe lem i munden og suttede på livet løs. Der gik heller ikke mange minutter, før han sprøjtede sin ladning langt ned i halsen på mig. Jeg slugte hver en dråbe og slikkede mig om munden. Der skulle jo ikke gå noget til spilde. Jeg rejste mig op og satte mig i sædet, og imens fik Jan lynet sine bukser igen. Han vidste ikke helt, hvad han skulle sige, men han forsikrede mig for, at det ikke havde været hans hensigt, da han steg ind i bilen. Jeg smilede og sagde, at det vidste jeg godt. Han åbnede døren og steg ud. Imens fik jeg lige en våd klud i hovedet og rettede på mit tøj. Så traskede jeg ud til de andre og fik en kop kaffe.

Jan stod med et tilfreds smil om læben. Torben og Ole stod og så sure ud; de havde jo ikke fået suttet den af. Deres eneste kommentar var, om det havde været godt. Jan grinede og sagde: "Som brødre vi dele, jeg tager det hele." Så kunne de ikke lade være med at grine, og så var det i orden. Pausen var forbi, og vi var igen på cykelstien. De næste 4½ time var meget stille.

Der blev ikke rigtig sagt noget, så der blev smækket noget rock på cd´en, så kunne de passe sig selv, hvis de ikke ville snakke. Vi lå alle fire lige i røven på hinanden, og pludselig lød der en hylekoncert uden lige bagfra. Det var Torben, der mente, at jeg var alt for stille, og de kunne ikke fange mig over walkien, så han ville bare lige høre, om der var noget galt. Jeg måtte indrømme, at jeg syntes, at de var så stille, så jeg havde smækket en cd i afspilleren. De beklagede alle tre, at de havde været så stille, men de havde et lille problem. Når vi skulle holde vores 9 timers pause, havde de en plads, hvor de meget gerne ville hen og holde, men de vidste ikke, hvad jeg ville sige til det, så de sad og diskuterede lidt på en anden kanal, og derfor havde jeg ikke hørt noget til dem længe.

Jeg vidste da godt, hvor de ville hen og spurgte grinende, om det var den sædvanlige Club, de ville ind på. Der blev helt stille i den anden ende af walkien, så kom det fra Ole, hva' fa'en jeg kendte til den Club. Jeg måtte jo indrømme, at jeg havde været der før sammen med andre danskere, så jeg vidste godt, hvor den lå, og at langt de fleste holdt deres pause der. Så blev der igen stille i den anden ende, og der kom ikke så meget som en lyd. 'Så kan de gumle lidt på den,' tænkte jeg. Pludselig kom det det fra Torben, at en af kollegaerne, som de havde fulgtes med nedover, havde givet dem et godt grin. De skulle i bad i Frankrig, da de holdt pause, men kollegaen ville ikke betale de 3 euro, det kostede at komme i bad, så han undværede. Da de så når Spanien, og skal på Club, går knolden med en dame ind. De andre sidder og venter i baren på, at han kommer tilbage. Da han kom ned, spurgte de, om det havde været godt. "Uha ja," sagde han. "Jeg fik både mis og bad." De havde spurgt ham om, hvor meget han havde givet for det. Han stod og tyggede lidt på det. Han havde givet 120 euro for pigen og spabadet. Så var de andre ved bordet ved at knække sammen af grin. Han forstod ikke, hvad de grinede sådan af, indtil der var en af de andre, der mindede ham om, at han ikke ville give 3 euro for at komme i bad i Frankrig, men her gav han gladelig 80 euro for et bad. Det blev han sur over, men de andre fik sig et rigtig godt grin. Jeg måtte jo give Torben ret i, at det var et dyrt bad, men på den anden side så havde vi andre jo noget at grine af.

Stemningen blev mere intens, jo nærmere vi kom. Jeg vidste godt, at drengene glædede sig til at komme på Club, men var trætte af at måtte efterlade mig i bilen. Hvad de ikke vidste, var, at jeg havde i sinde at komme med ind. Men det sagde jeg da ikke noget om, de skulle jo ikke vide, hvad jeg havde gang i. Vi svingede ind på pladen og plantede os på rad og række. Jeg blev pænt siddende i bilen som en artig pige og smilede sødt til drengene, da de forsvandt ind i Clubben. Da de var væk, strøg jeg om i køjen for at finde en hulkort nederdel og en fræk, næsten gennemsigtig bluse. Nu skulle jeg på Club.

Kapitel 12

Der var ingen problemer med at komme ind, da dørmanden havde set mig nødlande i Renaulten. Dørmanden holdt høfligt døren, og jeg gik ind. Lige inden for døren stoppede jeg op og kikkede mig rundt. Til højre var der sofagrupper i læder, man kunne sidde i. Midt i det hele var baren, som var fyldt med lækre tøser, som bare ventede på at få slikket mis. Ovre i en af sofagrupperne fandt jeg Torben, Ole og Jan i færd med at oversavle tre lækre skår. Jeg gik helt uforstyrret over til dem og sagde hej. De var ved at falde ned af sofaen over at se mig herinde. Jeg satte mig stille og roligt ned ved siden af dem i sofaen, som var det hjemme i deres dagligstue.

Der kom en smuk pige hen til mig og spurgte, om jeg gav en drink. Hun var virkelig smuk, knaldsort hår, grønne øjne og et par pæne, velformede bryster. Hun hørte ikke til de piger, der ligner et strygebræt, nej, hun havde lidt sul på kroppen, og det sad de rigtige steder. Jeg fulgte med hende op i baren og bestilte et glas J & B Whisky. En af de andre danskere, som sad i baren, sagde, at jeg skulle lade være med det og bestille en flaske i stedet, da de ellers ville snyde mig for det antal drinks, jeg havde drukket. "På den måde kan du sikre dig, at det, tøserne får at drikke, ikke bare er sukkervand, men at du betaler for champagne." Jeg takkede ham og bestilte en hel flaske J & B Whisky og to glas. Pigen smilede, takkede og fulgte med over i sofaen igen. Jan spurgte, om jeg skulle drikke hele flasken alene, eller om de måtte hjælpe med. Ole valsede op i baren og bestilte endnu en flaske og 6 glas. Da han kom ned igen, var jeg i fuld gang med at tage på den lyse skønhed med de dejlig store bryster. Oles eneste kommentar var, at det var jeg fandeme hurtig til. Vi hyggede os, og det blev til en flaske mere, inden hver især trak sig tilbage med hver vores pige. Jeg sad og snakkede med pigen, som fortalte, hun hed Maria, og at hun var fra en storby. Hun var flyttet herned for at arbejde og tjene til sine studier. Hun læste til advokat. Vi fik os en rigtig god snak, for hun kunne flydende engelsk. Jeg spurgte, hvorfor hun havde valgt at være på Clubben. Det var, fordi hun ikke kunne få sex nok. Hun elskede sex. Både med mænd og kvinder.

Det var ligesom optakten til, at vi gik ind på hendes værelse. Vi gik ned langs baren og drejede til venstre og ned ad den lange gang til tredje værelse på højre hånd – det var hendes. Da vi kom ind ad døren, plejede hun på bidetet og gav mig en vaskeklud og viste mig, at jeg skulle vaske mig forneden. Da jeg havde vasket mig, rakte hun mig et håndklæde, så jeg kunne tørre mig. Da jeg var færdig med at tørre mig, tog hun min hånd og viste mig over til sengen. Hun puffede mig blidt ned på sengen, hvorefter hun lagde sig ved siden af mig. Nederdelen var nem at krænge op, og så var der fri adgang til min glatte mis. Maria syntes åbenbart at kunne lide det, hun så, for hun lod sin hånd gå på vandring op ad mit lår. Da hun nåede toppen af mit lår, spredte jeg mine ben, så hun kunne komme til min våde mis. "Nice!" var det eneste ord, der kom fra hende, inden hun begyndte at slikke. Hun havde en lille tunge, men den var alle steder. Jeg var aldrig blevet slikket sådan før, nej, de spanske kvinder kunne deres kram. Med hendes behandling af min mis gik der ikke lang tid, før jeg kom. Maria mente så afgjort, at jeg skulle have noget ud af det, og det fik jeg bestemt også. Maria havde prøvet det med piger før, men det er nu også kvinden, der ved, hvordan hun vil have det. Mens Marias ivrige tunge var på spil, havde hun listet en finger ned til min anus. Det var ikke noget, jeg havde prøvet før, ud over mine egne fingre og så en dildo. Men Marias små fingre gjorde noget specielt. Det var pirrende og ophidsende på én gang.

Hun lod prøvende en finger glide indenfor, og det var bare pragtfuldt. Det var virkelig noget, jeg tændte på. Så Maria slikkede på livet løs min mis, og en finger legede med min anus. Det var virkelig for meget, så jeg kom i en kæmpe orgasme, som med garanti kunne høres på hele Clubben. Da jeg igen var kommet til mig selv, lå Maria ved siden af mig og legede med mit hår. Hun havde de dejligste øjne, jeg længe havde set. Hun spurgte, om det havde været godt, og det kunne jeg slet ikke benægte. Jeg spurgte hende, om hun havde en ny kunde ventende. Hun kikkede spørgende på mig og svarede, at det havde hun ikke, før hun gik ud i baren igen og ventede. Jeg spurgte hende, om hun var interesseret i endnu en halv time sammen med mig. Hun smilede og sagde selvfølgelig ja. Hun kikkede lidt spørgende på mig, om det ikke havde været godt nok, siden jeg ville have endnu en halv time. Jeg kikkede hende i øjnene og sagde, at det var for hendes skyld, jeg ville blive, så hun også kunne få noget ud af det. Hun svarede, at det var hun ikke vant til, når hun endelig havde en kvindelig kunde. Hun skulle bare slikke dem til orgasme, og så var det det. Med mænd fik hun nogle gange orgasme, men det var ikke altid. De ville bare bunke hende, ikke noget med forspil eller noget. Nej, det var bare pille, pille og så ride. Vi blev hurtige enige om, at mænd nogle gange kun tænkte på sig selv og deres lem.

Midt i en sætning kyssede jeg hende, så hun så helt forstyrret ud. Hun var ikke vant til, at en kvinde ville lege med hende. Jeg kærtegnede hendes bryster uden på hendes trikot, og brystvorterne rejste sig lystent under det tynde stof. Jeg puffede hende blidt ned på sengen, hvor jeg fortsatte min leg. Jeg fandt hurtig frem til knapperne i trikoten og fik den flået af hende. Hun blev lidt forskrækket over min vildskab og udstødte et hyl. Under det tynde stof gemte de to dejlige brystvorter sig. De var stive og mørkerøde, og det var tegn nok til mig om at fortsætte. Det gjorde jeg også, så mens min mund var travlt beskæftiget med brysterne, famlede min hånd sig ned mellem hendes ben. Det var noget, hun kunne lide. Hun spredte benene endnu mere, så jeg bedre kunne komme til at lege. Hun mente afgjort ikke, at mine fingre var nok, så hun begyndte at puffe mig blidt nedad, så jeg kunne slikke hende. Jeg kravlede ned mellem hendes ben og begyndte at kysse hvert et bart stykke kød, jeg mødte på min vej. Hun vred og vendte sig og forsøgte at få min tunge til at strejfe sin klitoris, men jeg havde andre planer. Jeg lod min tunge lege med skamlæberne, bed og nappede i dem og undgik med vilje hendes klitoris.

Da hun tiggede og bad, om jeg ikke nok ville slikke hende, forbarmede jeg mig over hende. Jeg skilte hendes skamlæber ad og lod min tunge røre hendes følsomme klitoris. Hun var ved at komme, da min tunge rørte hende, og hun stønnede som aldrig før. Jeg lod to fingre gå på opdagelse i hendes lystgrotte, og det var noget, hun kunne lide. Hun var bare våd, og med mine fingre dybt begravet og tungen på hendes klitoris var det den helt rigtige kombination til at få hende til at komme i en skrigende orgasme. Det kunne høres mindst 10 km væk, og pludselig stod en mand i døren og spurgte, om der var noget galt. Hun vinkede ham væk, og jeg fortsatte med at slikke og fingerride hende, indtil orgasmen stilnede af. Hun lå helt svedig på sengen og hev efter vejret. Jeg lagde mig ved siden af hende og ventede, til hun var kommet til sig selv.

Hun åbnede øjnene og kikkede på mig. Hun havde ikke ret mange ord at sige andet end "tak". Det var første gang, hun havde fået en så voldsom orgasme. Nu skulle hun ud og forklare, hvorfor hun havde skreget sådan. Det var derfor, manden var kommet for at se, om der var noget galt. Vi grinede lidt af det, og Maria rejste sig. Hun takkede for denne gang og håbede, at jeg kom igen på et andet tidspunkt.

Vi sagde farvel, og jeg gik ud i baren for at få noget koldt at drikke. Torben, Ole og Jan sad igen i sofagruppen og ventede på mig. De kikkede på mig og vinkede mig over. Jeg valsede glad og tilfreds over til dem. De kikkede noget på mig og spurgte, hvor jeg havde været. Jeg smilede og sagde, at jeg havde været inde hos Maria og få slikket mis. De grinede af mig og sagde, at den var god med mig. I det samme kom Maria ud fra værelset og gik over i baren. Hun vendte sig om imod mig og smilede til mig. Jeg smilede og gik over mod baren. Maria snakkede med bartenderen, og pludselig stod der en kold cola foran mig. Hun lænede sig ind mod mig og hviskede i mit øre, at jeg havde været et af de bedste knald, hun længe havde fået, og at jeg måtte love hende at komme igen. Hun stak sit visitkort ind under min trøje og kyssede mig farvel. Men hun mente ikke, at det var nok med det kys på kinden alligevel, så hun vendte mit hoved og kyssede mig på munden. Jeg strøg hende kærligt ned ad kinden, tog min cola og gik tilbage til de andre. De sad alle tre med åben mund og stirrede på mig. "Ja, nu ved I, hvor jeg har været," sagde jeg til dem, og satte mig ned med min cola. Der var ingen af dem, der vidste, hvad de egentlig skulle sige. Ole udbrød: "Det var satans!" Jeg smilede og sagde, at jeg også ville have lidt sjov i gaden. De syntes alle, at det var frisk gjort. Jan havde været på en mørk skønhed, men det havde ikke været den store succes. Hun kunne nemlig ikke klare hans møbelbanker, og sutte lem kunne hun heller ikke. Ole havde fået en spinkel, rødhåret satan, og hun var bare vild, sagde han. Detaljerne måtte vi ikke få at vide. Jan mente, at det var, fordi han ikke kunne klare hende. Det svarede han slet ikke på. Torben havde fundet sig en brunette, som han bunkede. Der var ikke noget særligt at fortælle, ud over at hun var til analsex. Det vidste han ikke ret meget om, så det var gået lidt i fisk. Så han var lidt ked af det. Jeg sagde, at al begyndelse er svær, men han skulle nok komme efter det. Det fik ham i lidt bedre humør. De ville også høre om min oplevelse med Maria, men jeg sagde, at det måtte de vente med. De skulle også have lidt til fantasien. Det var de slet ikke tilfredse med, men de kunne ikke gøre ret meget. Vi drak ud og begav os ud til bilerne. De mente alle sammen, at vi skulle afslutte Club-besøget med en øl i min bil. Det var da helt fint med mig, men jeg vidste ikke, hvad de havde af skumle ideer.

Kapitel 13

Torben, Ole og Jan væltede ind i bilen. Ole på førersædet, Jan på passagersædet og Torben hoppede om i køjen. Jeg stod stadig uden for bilen og ventede på, at de fik møffet sig færdig. I mellemtiden var jeg gået under traileren for at tisse. De havde allerede fundet øllene, da jeg kom ind, og var i fuld gang med at tømme den første dåse. Jeg stod på trinnet og kikkede på drengene, som sad og fløj med hver deres øl i hånden. Torben fyldte hele køjen, Ole sad med fødderne plantet på armlænet, og Jan fløj hen over bordet. Så der var kun køjen tilbage, hvor Torben lå, og jeg kunne sidde. Jan kikkede på mig og spurgte, om jeg ville forbi. Det ville jeg da meget gerne, da jeg var træt af at stå på trinnet og glo på, at de drak øl.

Og hvis han ikke flyttede sig, ville jeg krænge hans røv om til en sommerhat. Det var åbenbart trussel nok, for Jan flyttede fødderne, så jeg kunne komme ind. Jeg smed jakken og satte mig på køjen. Jan rakte mig en øl, og vi skålede igen, igen. Jeg spurgte Torben, om han ikke kunne tænke sig at movere sit luksuslegeme lidt, så jeg også kunne være der. Han kikkede på mig, tænkte lidt over det og flyttede sig så 5 cm ind. 'Mandfolk,' tænkte jeg. Snakken gik om løst og fast, vind og vejr. Alt imens vi snakkede, begyndte Torben at massere min ryg. Jeg syntes, det var dejligt, så jeg gad egentlig ikke brokke mig. Han havde dejlige, blide hænder, og hans maseren fik mig til at slappe af og svømme helt væk. Ole og Jan snakkede bare videre i et væk, men jeg hørte slet ikke efter. Jeg var i min helt egen verden. Torbens hænder bevægede sig om foran til mine bryster. Den ene hånd masserede stadig min skulder, mens den anden blidt kærtegnede mit bryst. Jeg følte mig helt afslappet og i et helt andet kontinent. En pludselig nydelse drev mig tilbage til virkeligheden. Torben havde fået fat i mit ene bryst og var begyndt at nulre det. Min brystvorte reagerede omgående og blev helt hård og mørkerød. Inden jeg vidste af det, omsluttede Torbens læber mit bryst, og det kom under kærlig behandling. Det var noget, der virkelig kunne mærkes i missen. Torben tog blidt om min hals og kyssede mig. Jeg lod mig rive med og lod ham lægge mig ned på køjen. Ole og Jan sad og snakkede og virkede helt uforstyrret af det, som skete i køjen. Jeg følte, at Torbens hænder var overalt på mig, og de gjorde alt for at behage mig. Hans varme tunge spillede på mine brystvorter. Han trak forsigtigt trøjen helt af mig, og derefter fulgte nederdelen. Jeg lå fuldstændig nøgen og blottet. Enhver kunne misbruge mig, men denne gang var det kun Torben, som gjorde noget.

Hans bevægelser var så hurtige, at jeg ikke opdagede, at han var ved at finde vej ind i min varme grotte. Torben vidste lige præcis, hvordan jeg gerne ville havde det. Han var hurtig i vendingen og fandt mit hemmelige nydelsespunkt. Og det kan jeg slet ikke stå for – jeg bliver bare totalt vild i dåsen. Han havde allerede to fingre plantet dybt oppe i mig. Jeg kunne snart ikke holde det ud længere – jeg måtte bare have lem! Jeg tror, Torben kunne mærke, at jeg var legesyg, for han holdt inde med sit foretagende og puffede mig blidt om på siden. Pludselig mærkede jeg hans lem mod min mis. Han behøvede ikke at lægge ret mange kræfter i, for hans lem smuttede lige indenfor, så våd og liderlig var jeg. Han red mig i langsomme, seje hug. Hans lem var godt nok ikke så tykt, men det var langt, og jeg kunne bare mærke det hele vejen. Torben syntes åbenbart, at han ville prøve, om jeg kunne lide at få lem i det bagerste hul, så han trak sit lem ud af min mis og legede ved min anus. Da jeg mærkede, hvad han havde gang i, skød jeg røven tilbage mod ham og bød ham velkommen indenfor. Torben var meget forsigtig og blid, da han ikke var så rutineret på det område – endnu. Da han fandt ud af, at det gik fint, blev han lidt mere dristig. Han kørte sit lem helt i bund, og det fik mig til at skrige af nydelse. Ole spurgte, om han skulle give mig noget at skrige for. "Åååhhh jaaaaaaaaaaaaa," fik jeg fremstammet, mens jeg blev pulet sønder og sammen.

Ole sagde åbenbart noget til Torben, for Torben vendte sig, så jeg lå oven på ham, og han havde stadig sit lem dybt begravet i min anus. Pludselig blev jeg klappet på kinden af et lem, som meget gerne ville suttes på. Det var Jan, der nu blandede sig i løjerne. Støttende på den ene hånd fik jeg guidet Jans lem ind i min mund og begyndte at sutte løs. Det var noget, han kunne lide, for han brummede veltilpas. Jeg suttede løs, mens Torben bankede løs i mit bagerste hul. Oles lem kom snigende, og inden jeg vidste af det, var min mis fyldt helt ud til bristepunktet. "Nu har du noget at skrige for," lød det fra Ole, men skrig var ikke lige det, der kom fra min mund. Det var slubrelyde og et par svage støn. Torben havde sit lem begravet i min anus, Jan havde sit lem dybt i min mund, og Ole bankede løs i min mis. Det var det mest ophidsende, jeg længe havde prøvet. At blive fyldt ud i alle huller havde været en af mine fantasier, men den var bare aldrig blevet opfyldt – før nu. Jeg svømmede rundt i en sø af nydelse. Hvert sekund var en pragtfuld oplevelse. Hele nydelsen ville jeg bare have til at blive ved, ligesom bølgerne skyller ind over stranden. Sådan havde jeg det med de tre lem dybt begravet i hvert sit hul.

Torben kunne snart ikke holde igen mere. Han kikkede på Ole og han nikkede. Alle tre trak deres lem ud og rejste mig op på knæ. Nu vidste jeg, hvad de ville. Jeg skulle sluge dem alle tre på én gang. Jeg havde Ole i den højre hånd, Jan i den venstre, og Torben spillede den selv af. Inden længe kom de tre i et skrig af en orgasme, som kunne høres ti kilometer væk. De sprøjtede deres ladning ud over mit ansigt og bryst, og jeg labbede hver en dråbe i mig. Det var noget af det frækkeste, jeg har oplevet, og det blev heller ikke sidste gang, jeg ville prøve det, tænkte jeg. Jeg slikkede Oles lem rent og legede kælent med hans nosser. Han var totalt udmattet. Jan havde sat sig ned og pustede. Torben mente ikke, at jeg havde fået nok, så han skubbede mig ned igen og begyndte at slikke min brugte mis. Ole og Jan sad og jublede og kom med tilråb, så han kunne sætte farten op. Torbens tunge for rundt på min klitoris, og det vilde ridt fortsatte. Torben behøvede heller ikke jage ret lang tid efter orgasmen. Den kom sprudlende som et rasende damptog og fik min krop til at ryste og gjorde mine bevægelser helt ukontrollable. Torben måtte holde på mig, for at jeg ikke væltede ud af køjen. Jeg var længere væk end den syvende himmel, og jeg kunne slet ikke få nok af Torbens tunge. Men intet varer ved, og orgasmen stilnede hen. Jan var gået udenfor sammen med Ole for at pisse. Det var tiltrængt, mente de, efter den omgang bunkepul.

Torben kravlede om på passagersædet for at lave noget kaffe. Alt imens lå jeg omme i køjen og prøvede at vende tilbage til jorden. Jeg vendte mig om på siden og missede med øjnene mod det stærke lys i kabinen. Torben sad og kikkede ud ad vinduet, men vendte sig mod mig, da jeg brummede veltilpas. Han lagde en hånd på mit ben og lod den drillende køre op ad mit lår. Jeg pakkede dynen tæt omkring mig, så han ikke havde så nemt ved at drille mig. Det blev til en god omgang grin og pudekamp i dynen. Jan og Ole var færdige med at diskutere aftenens begivenheder. De var på vej i seng, så de bare kunne få et par timers søvn og få hvilet deres ømme lem. Jeg smilede til dem og sagde godnat. De traskede hen mod deres biler, men Torben sad stadig i bilen. Kaffen bryggede færdig og blev hældt på termokande. Torben hældte en kop kaffe op til mig og en til sig selv. Han sagde ikke en lyd, men kikkede intenst på mig. Mine øjne mødte hans, og han kikkede væk. Jeg kunne mærke på ham, at der var noget, der nagede ham. Jeg rejste mig op, satte benene på gulvet og lænede mig over mod ham. Kikkede ham dybt i øjnene og spurgte, hvad der var galt. Det første svar, jeg fik, var "ikke noget", men det vidste jeg var løgn.

Langt om længe krøb han til korset og fortalte, at han var flov over at have brugt mig på den måde. Det var slet ikke meningen, at han ville have røvpulet mig, men han havde bare sådan en ubeskrivelig lyst. Det var meningen, at han skulle have afprøvet det på Club-pigen, men hun var ikke lige så god på det område. Derfor var det blevet en fiasko. Torben blev helt rød i hovedet og fortalte, at dengang jeg havde stået og vrikket indbydende med røven, var der ingen tvivl om, hvad hans lem ville. Det ville prøve noget nyt og spændende. Jeg kom til at grine af hans ordvalg, det var ikke noget, der lignede ham. Indtil nu havde han været sky og tilbageholdende. Men nu var han blevet en rå og fri mand, der gjorde, hvad han havde lyst til. Jeg tror egentlig, at det skræmte han lidt, hvad han havde lavet. Han skyndte sig at drikke sin kaffe og sagde godnat. Så væltede han ud af bilen og hen til sin egen. Jeg fik også drukket min kaffe færdig og krøb i kanen.

Kapitel 14

Et par timer efter bankede det på døren. Det blev ved med at banke, og jeg vågnede søvndrukkent. Jeg rejste mig langsomt op og trak gardinet fra. Det var Jan, som stod og så helt vild ud. Jeg rullede vinduet ned og spurgte, hvad der var galt. Jan fortalte, at det læs, Torben og Ole havde med, skulle andre steder hen end først bestemt, så de skulle køre med det samme. Det var noget, jeg vågnede ved, og jeg fik tøj på i en allerhelvedes fart. Jan syntes, at han ville vække mig, så jeg fik en chance for at sige farvel, inden de skulle køre. Der var blevet lavet så meget om i planerne, så det var helt forfærdeligt. Jeg stod bare og kikkede på dem, og det første, jeg fik fremstammet, var, hvem der så skulle følge med mig til Portugal. Ole og jeg skulle jo have fulgtes til aflæssestedet. Jeg var helt rundt på gulvet og begyndte at græde.

Ole kom hen og tog om mig for at trøste mig. De vidste ikke, hvem der skulle med mig, men det var ikke nogen af dem. Ole skulle til kysten og Torben til en storby. Jan skulle dog stadig til Portugal. Men der var 200 km mellem vores aflæssesteder. Så som de kunne, se så var jeg helt alene på herrens mark. Men vi udvekslede telefonnumre, så vi kunne snakke sammen, hvis der opstod problemer. Jeg gav Torben et knus og sagde tak for denne gang. Han gav mig et lidenskabeligt kys og forsvandt så i retning af sin lastbil. Ole sagde bare farvel og gik. Jeg stod bare og kikkede efter ham, men han var allerede ved at køre ud af pladsen. Jeg spurgte Jan, hvad der var galt med Ole. Jan kikkede på mig og sagde, at det ville han helst ikke fortælle mig lige nu. Vi gik begge hen til vores biler og kørte ud af pladsen i retning mod Portugal. Tankerne fløj rundt i hovedet på mig, og jeg vidste ikke, hvad der var galt med Ole. Om det var noget, jeg havde gjort, eller hvad det kunne være. Jan hørte jeg ikke noget til i næsten to timer. Ikke før vi næsten havde kørt de 4½ time nedad lød det fra ham, at der kom en rasteplads lige efter næste sving, og at vi skulle køre ind på den. Jans stemme lød kold og ligegyldig. Det lignede ham ikke. Vi svingede ind på pladsen og holdt ved siden af hinanden.

Jeg steg ud af bilen for at strække mig og gik over mod Jan. Da jeg kom over til Jan, havde han trukket gardinerne for. Det undrede mig en god del, men han ville måske ikke se mig mere. Jeg gik tankefuld tilbage til lastbilen, hvor jeg fik sat noget kaffe over. Jeg var lidt træt, så jeg lagde mig om i køjen og satte uret en halv time frem. Da uret ringede, kunne jeg lige nå at hælde kaffe op, inden vi rullede igen. Det var sidste stop, inden vi nåede Portugal og skulle hver sin vej for at læsse af. Heller ikke denne gang hørte jeg noget til Jan, og nu var jeg ved at være godt og grundigt gnaven. Kunne jeg virkelig ikke bruges til andet end en bolledukke, og så bare blive smidt ud til højre, når de blev trætte af at lege med den? Ja, det var da bare typisk mænd at tænke med deres lem. Men det kunne egentlig også være lige meget, for jeg var allerede sluppet af med de to af dem. Nu manglede jeg kun den sidste, så var jeg alene igen. Pludselig lød det over radioen, om jeg havde tid et øjeblik. Jeg var både sur og skuffet over, at der kunne gå så lang tid, hvor han ikke gad snakke med mig. Men høflig som jeg er, svarede jeg ham. Han nåede ikke at få et ord indført, før jeg tændte totalt af og råbte, hvad han var for en nar, kvindemisbruger og alt muligt i den dur. Da jeg havde raset af, kom der et "undskyld" fra den anden ende. Han vidste udmærket godt, at det ikke var smart, det, han havde lavet, og dét undskyldte han for.

Men der var pludselig dukket nogle meget uventede problemer op. Jeg kunne mærke, at jeg blev ked af, at jeg havde råbt af ham, da der jo nok var en logisk forklaring på hans manglede interesse. Jan begyndte at fortælle om en meget uheldig oplevelse, Ole havde haft. Han havde fundet sig en sød pige, men desværre syntes hendes brødre ikke om Ole og havde lovet han tæsk, hvis han viste sig der igen. Der blev en kort pause, inden Jan startede på en ny sætning, men afbrød igen. For mig lød det, som om han var ved at blive kvalt i sætningen. Der gik lidt tid, inden han sagde noget igen. Det næste, der kom fra ham, var, at det var Ole, der var problemer med. Ole skulle til kysten, men skulle også holde de tre kvarters pause. Da han så holder ind på en rasteplads og stiger ud af bilen, bliver han overfaldet. Der var ingen, der havde hørt fra ham længe, så de frygtede det værste. Grunden til, at de formodede et overfald, var, at alarmen på lastbilen var gået inde hos Falck. Nogen havde prøvet på at afbryde alarmen ved at ødelægge ledningsnettet. Allerede der vidste de, at der var noget galt. Hvis Ole ikke ville have nogen til at vide, hvor han var, kunne han bare have afkoblet ledningerne uden at sætte alarmen i gang.

Men alarmen var gået, og de kunne ikke finde bilen længere. Det sidste, de havde set til trækket, var lidt sydpå. Hans telefon kunne de heller ikke få kontakt med, så de vidste ikke, hvad de skulle gøre. Meddelelsen kom som et slag i snotten på mig. Hvor var han, hvad var der sket???? Jans stemme lød ikke videre oplivende. Ole var hans ven og kollega igennem 10 år. Så han ville bare lige sige, at jeg var på egen hånd, for han vendte om nu. Hans kød var heller ikke i orden, så det skulle også til kysten. Men han blev nødt til at tage den næste afkørsel, så han ikke skulle køre en alt for stor omvej og måske misse det sted, hvor Ole var blevet overfaldet. Jeg kunne ikke sige ret meget andet end, at han skulle passe godt på sig selv og finde Ole. Det lovede han, og han ville ringe, hvis der var noget nyt i sagen. Mine tanker fulgte Jan, da han drejede af og dyttede farvel. Hvad var der dog sket de sidste par dage? Jeg prøvede at huske tilbage, men det hele var som en tågerus af nydelse. Nu var denne nydelse blevet afløst af angst og bange anelser. For hvad skulle jeg nu? Jeg ringede hjem til speditionen for at høre om kvaliteten på det kød, jeg havde om bord. Telefonen blev taget i den anden ende. En blød kvindestemme sagde goddag. Jeg præsenterede mig og fortalte, hvad problemet var. Hun bad om mit registreringsnummer, trailernummer, firmanavn og bookingnummer. For søren, en stak numre, hun skulle have for at finde ud af, om der var noget galt med kødet. Hun bad mig vente et øjeblik. Og hvilket øjeblik!

Det tog næsten ti minutter, hvor jeg bare sad og hørte et eller andet muzak. Endelig skete der noget, og kvinden spurgte, om jeg stadig var der. Ja, jeg var der da, godt nok lidt mere døv end før, men hva'. Hun fortalte, at prøverne ikke var gode nok til, at sendingen skulle til Portugal. Nej, hvor hyggeligt, endnu mere bøvl. Men jeg kunne jo ikke bare smide traileren og skide det hele en hatfuld. Jeg bad den søde dame om at sende de nye papirer på fax, så jeg vidste, hvor jeg skulle hen. Det ville hun gøre med det samme. Jeg sagde pænt tak, og vi afbrød samtalen. Alt imens jeg studerede kortet, tikkede de nye papirer ind på faxen. Der var også en seddel med, at jeg skulle forbi tolden i Gibraltar. Telefonen ringede, det var Danish Crown igen. Det var hende den lille søde igen. Hun ville bare lige fortælle, at der var en kurerbil på vej med t-papirerne. Hun undskyldte mange gange, men hvis jeg ikke havde t-papirer med, kom jeg slet ikke ind i landet. Hun skyndte sig også at sige, at hun havde snakket med Karsten, og at alt var i orden. Jeg skulle bare køre videre ned mod Gibraltar, og så ville det nok komme til at passe med, at bilen med t-papirerne var der, samtidig med at jeg ankom. Jeg skulle jo også have ni timers pause. Jeg fik nummeret på bilen, hvis der var noget, der gik i fisk, så jeg kunne få fat på chaufføren. Jeg takkede hende for hendes venlighed og drønede videre ned ad cykelstien.

Jeg skrev en sms til Torben for at høre, om der var noget nyt. Der gik heller ikke lang tid, før han ringede. Han holdt og havde pause. Han havde godt nok snakket med Jan, men han var ikke ret meget værd. Han kørte som en åndssvag for at komme over til det sted, hvor Ole sidst var blevet set. Jan havde siddet og regnet ud, hvor han havde holdt stille. På alle rastepladser havde han kørt ind og spurgt efter Ole og lastbilen. Han havde vist billeder alle steder. Men ingen havde set Ole eller bilen. En Volvo er ikke noget særsyn, så det blev svært. Traileren var bare hvid, så det var heller ikke noget spor. Siden havde Torben ikke snakket med Jan. Han var egentlig en smule bekymret for Jan. Han var helt fra koncepterne, og han havde sagt, at hvis han fik fat i de røvhuller, der havde gjort Ole fortræd, ville han slå dem ihjel. Han var skide ligeglad med, hvem det var, og hvad de var. De skulle bare forsvinde fra jordens overflade, og det skulle bare gå stærkt. Jeg takkede for oplysningerne og ønskede ham en fortsat god tur. Jeg havde næsten ikke mere køretid, så jeg begyndte at lede efter en stor rasteplads. Den lå kun 20 km længere fremme, så der luntede jeg ind. Hvor heldig jeg end kunne være, så var der mange lastbiler og en stor restaurant. Så kunne jeg også komme i bad, for det trængte jeg til. Bare lade vandets blide stråler strømme ned over min krop. Jeg fik hurtigt pakket undertøj, strømper, bukser og T-shirt, og så var det ellers bare i bad. Stedet var proppet med chauffører, da jeg kom ind, men jeg så ikke, om der var nogen, jeg kendte. Det var bare på hovedet i bad.

3 euro fattigere stod jeg i badet og nød det varme vand. Jeg havde ikke lyst til at onanere – underligt, for det er sjældent, at jeg ikke har lyster. Men efter det med Ole havde jeg mine tanker hos ham. Så kunne min mis vente. Jeg slukkede for vandet og tørrede mig. Fik tøj på og gik ud i restauranten for at se på menukortet. Jeg faldt ned på en stol og kikkede på menuen. Intet af det så spændende ud, så jeg valgte en steak. Det vidste man, hvad var, og så en øl til maden. Steaken kom på bordet, men den smagte ikke rigtig af noget, og cerveza var heller ikke noget at råbe hurra for. Jeg sad og stirrede ud i luften, da en mand satte sig ned foran mig og kikkede på mig. Jeg vågnede op og kikkede underligt på ham. Han præsenterede sig ikke engang, men spurgte, om man havde fundet Ole eller bare nogle spor af ham. Jeg måtte desværre beklage, men

der var ikke noget nyt i sagen. Ikke andet end, at Jan jagtede det mindste spor af ham. Manden takkede og gik igen. Jeg gik op i baren og betalte for maden og traskede ud til bilen. Tankerne var mange, og de fisede rundt i hovedet og kunne ikke finde hoved og hale i nogen ting. Da jeg kom ind, smed jeg tøjet og gik direkte i seng. Jeg kunne ikke holde tårerne tilbage længere, og de strømmede ned ad kinderne. Jeg faldt langt om længe i søvn.

Kapitel 15

Det var blevet mørkt udenfor, da jeg vågnede. Jeg kikkede på uret. Der var stadig et par timer, til jeg skulle op, men jeg kunne ikke sove mere. Jeg var bekymret og vidste ikke, hvad der skete. Havde Jan fundet Ole, eller var han sporløst forsvundet? Spørgsmålene var mange, men svarene få. Jeg hældte en kop kaffe op og satte mig stille ned. En kimen brød tavsheden. Det var Jan! Han ville bare lige fortælle, at han havde fundet Ole. Jeg var lettet. Men hans tilstand var ikke lige af det bedste. Han var blevet banket sønder og sammen. Alle hans ejendele var væk, og trækket over alle bjerge. Ole var blevet bragt til det nærmeste sygehus, og når han var stabil nok, ville han blive fløjet til Danmark. Det lettede at få at vide, at han levede. Jeg havde mange spørgsmål, men syntes ikke lige, at det var det rigtige tidspunkt at spørge om mere. Jeg kunne godt høre på Jan, at han ikke ville snakke om detaljerne netop nu. Derfor takkede jeg ham for at have ringet og lagde på. Jeg kikkede på klokken og sukkede. Der var stadig en time, til jeg kunne køre igen, så jeg satte mig til at studere kort for at finde den nemmeste vej. Det hele ragede mig egentlig en papand, for jeg ville bare hjem og se til Ole.

Men hjem kunne jeg ikke komme lige med det samme. Jeg måtte hellere se at komme sydpå, så jeg kunne nå at få t-papirerne, inden tolden lukkede. Jeg havde termin samme eftermiddag, så det gjaldt bare om at få fingeren ud af gaskammeret. Renaulten fik bare alt, hvad den kunne trække, ned over de spanske motorveje. De tre kvarters pause blev brugt til at få en klud i hovedet, få lavet noget kaffe og snakke med speditionen. Ellers gik den vilde jagt ned ad motorvejen til Gibraltar. Jeg syntes, det tog en evighed at komme derned. Jeg var træt af, at jeg ikke kunne komme hjem, så jeg kunne se til Ole. Han var på vej til Danmark, men hans tilstand var der ingen, der ville snakke om. Så det var nok for ikke at gøre mig urolig. Han lignede garanteret en bunke kød, der havde været gennem en kødhakker. Men jeg kunne jo ikke gøre noget herfra, hvor jeg sad, så jeg blev enig med mig selv om, at jeg hellere måtte køre af på afkørslen, så jeg kunne komme til Gibraltar og få læsset af.

Da jeg nåede grænsen, var der bare kø. Der var ikke ret meget andet at gøre end at finde ud i yderbanen og så bare ned mod tolden. Da jeg endelig nåede toldstationen, holdt kurer bilen der. Et held for mig, for så kunne jeg bare holde i køen og gå ind og melde min ankomst, så tolderne kunne behandle papirerne, så jeg kunne komme ind i landet. Gibraltar er et land for sig selv, og man skal huske sit pas, for ellers bliver man ikke lukket ind i landet. Det er nemlig et toldfrit land, men naturen og kunsten kan man ikke tage fra landet. Når man når til La Linea, kan man se et stort bjerg, og det er Gibraltar – en ø. Endelig var jeg ude af køen og på vej ind på toldområdet. Det var bare med at få røven med sig, så jeg kunne nå tolderne, inden de gik hjem. Manden, der var kommet ned med papirerne, kom hen til mig og hilste pænt på mig, og vi fik en snak. Jeg sagde pænt tak for, at han ville køre helt herned med papirerne. Jeg skyndte mig, men det var nytteløst. Tolderen forklarede, at de var ved at lukke, og at det firma, jeg skulle læsse af ved, var gået hjem for i dag. Så jeg måtte vente til næste dag, men jeg måtte gerne blive holdende på toldområdet, nu da jeg var kommet, men kun for denne ene gang. De ville ikke have flere biler holdende, da det jo var grænsen. Jeg takkede ham mange gange og fik røven med mig ind, inden han lukkede bommen.

Tolderen kom over til mig for at ønske mig en god nat og fortælle mig om en god restaurant på Gibraltar. Jeg skulle bare huske mit pas, og afstanden var ikke så lang. Lige når jeg kom gennem paskontrollen og lidt nede ad gaden var der et busstop. Jeg takkede tolderen mange gange. Han smilede og gik over mod sin bil. Inden han kørte, kom han hen igen. Han ville bare lige sige, at hvis jeg ville have en på opleveren, så skulle jeg bare tage dobbeltdækkeren. De samme busser, som kører i London. Jeg takkede ham endnu en gang, tog overtøj på, hoppede ned af trækkeren og låste døren. Jeg var sulten som aldrig før, men glædede mig også til at se øen. At det så var mørkt, gjorde ikke så meget, for øen var oplyst nedefra, så man kunne se, hvor høj klippen var. Jeg stod lidt og betragtede synet, inden jeg gik over grænsen. Lige 500 meter længere nede ad gaden holdt den dobbeltdækker, tolderen havde snakket om. Jeg småløb hen til bussen. Jeg ville helst ikke misse bussen og skulle gå hen til byen. Da jeg småpustende nåede bussen, sad chaufføren og smilede venligt til mig. Jeg fik fremstammet, hvor jeg skulle hen, på et nogenlunde forståeligt spansk. Han sagde, at det blev 1,5 euro. Mens jeg stod og fumlede med pengene, spurgte han, hvor jeg kom fra. Til min store overraskelse på engelsk. Han forklarede, at Gibraltar engang havde været under engelsk regime. Vi fik os en længere snak om øen og kulturen her på stedet. Han fortalte også, at siden det var et land for sig, så måtte jeg godt tage en karton smøger og en liter sprut med ud. Jeg takkede for oplysningen og stod af ved næste stoppested for at finde den restaurant, chaufføren og tolderen havde anbefalet.

Jeg skulle bare gå lidt op ad en sidegade, og så var jeg oppe på gågaden og derved også ved restauranterne. De lå som perler på en snor, så udvalget var stort. Husene var gamle, men velholdte, så der var nok at se på, også selvom det var aften og mørkt. Jeg fandt hurtigt restauranten og fik sat mig i en hyggelig krog. Jeg sad og beundrede udsmykningen på væggene og i lofterne. Jeg var så opslugt, at jeg ikke havde set, at der stod en høj, mørk herre ved min side og kikkede intenst på mig. Da han pludselig spurgte om, hvad jeg kunne tænke mig at spise, var jeg ved at fare op i loftet og bide mig fast der. Han smilede sit sødeste smil for at forsikre om mig at han ikke gjorde noget. Jeg kikkede op og blev mødt at et spisekort og to dybblå øjne, der blev ved med at stirre på mig. Jeg bestilte en god, saftig steak, en flaske god rødvin og en skål salat. Godt nok har jeg en aftale med kaninerne. De spiser ikke min mad, og så spiser jeg ikke deres. Men man skal da gøre en undtagelse en gang imellem. Tjeneren takkede og gik for at hente vinen og grøntfoderet. Jeg faldt igen i staver, da jeg kom til at tænke på Ole igen og på, hvordan han havde det. Hvis planerne ikke var blevet ændret, kunne han have siddet ved det samme bord som jeg og have det godt. Men det var ikke lige sådan, det skulle være. Jeg sendte mine tanker til Ole og glædede mig til at se ham igen og give han jordens største knus. Jeg blev flået ud af tankernes land, da en hånd pludselig blev lagt på min skulder, og spørgsmålet, om jeg havde det godt, blev stillet.

Det var tjeneren, der var kommet igen med salat og vin. Jeg sagde, at jeg havde det helt fint, men mærkede, at en tåre havde fundet vej ned ad min kind, og det var det, tjeneren havde set. Han stillede skålen fra sig og hældte vinen op i glasset. Jeg smagte på den, og den var god. Den smagte af mere. Tjeneren forlod mig og kaninfoderet og mine tanker, som ingen ende ville tage. Jeg sad bare og stak til maden og drak vin, som var det vand. Da tjeneren kom igen, var der stadig salat, men vinen var drukket. Han kikkede spørgende på mig og flasken. Jeg kikkede bare sødt på ham og nikkede for at få en ny flaske. Han satte steaken ned, tog den tomme flaske og gik igen. Maden lugtede godt, så der blev bare skovlet indenbords. Jeg var næsten færdig med steaken, da tjeneren kom igen med en ny flaske vin. Jeg takkede og spiste videre. Da maden var spist og vinen drukket, bad jeg om en kop kaffe og regningen. Jeg drak ud og betalte. På regningen stod der en lille hilsen fra Antonio. Tjeneren. Der stod, at han gerne ville møde mig igen og helst snart.

Jeg tænkte lidt over det og inviterede ham med ud i bilen. Natter var stadig ung. Han takkede, men han havde ikke fri før om tre timer. Jeg trak på skulderen, men fortalte ham, hvor han kunne finde mig, hvis han ville noget. Jeg stavrede ud på hovedgaden og kikkede mig omkring. Der var ikke ret mange mennesker, så jeg besluttede mig for at tage en taxa ud til grænsen og så gå resten af vejen ud til bilen. 10 minutter efter stod jeg ved siden af bilen og var parat til at gå i seng. Jeg skulle sådan tisse, men et toilet er ikke lige noget, de har sådan et sted. Så jeg kravlede ind under traileren for at lade vandet, og hvilken befrielse! Efter at have ladet vandet kravlede jeg op i bilen, lukkede døren og kravlede om i køjen. Jeg ville bare sove.

Kapitel 16

En pludselig banken på døren rev mig ud af drømmeland. Jeg kravlede fortumlet om på førersædet og kikkede ud. Til min store overraskelse var det Antonio, der stod udenfor og smilede. Jeg åbnede døren, og han spurgte på sin mest venlige måde, om han måtte komme ind, og selvfølgelig måtte han det. Jeg flyttede mig om i køjen igen og kikkede spørgende på ham. Han sagde, at han syntes, det var sådan en pæn invitation, og at den ville han ikke gå glip af. Han havde før været sammen med en dansk pige og syntes vældig godt om disse pragtfulde skabninger. Han sad og kikkede på mig, mens han snakkede, og hans hånd ivrigt bearbejdede mit ben. Han aede og nussede det, så det var en fryd. Det var dejligt, og jeg kunne da heller ikke stå for den behandling.

Min g-streng begyndte at blive fugtig, jo længere han kom op ad benet. Da han nåede min bukseåbning, puffede han mig blidt omkuld og lukkede kælent bukserne op. Jeg gjorde ingen modstand, for jeg var i den syvende himmel. Det var frækt, at en spanioler kunne finde på sådan noget. Men det var lige meget, bare han fortsatte det, han havde gang i. Langsomt pillede han bukserne af mig, og for hvert stykke nøgen hud, der kom frem, kyssede han det blidt. Jeg var ved at være i ekstase, da han endelig fjernede min g-streng og langsomt førte en finger op mod min hede mis.

Missen snappede efter ham og ville bare have mere, mere, mere. Antonio smilede sødt og lagde sig mellem mine ben for at lade sin tunge slikke min villige mis. Da tungen ramte min spændte klitoris, fløj jeg i raketfart mod det uendelige. Alt omkring mig blev opslugt af havet, universet, sol, måne og stjerner. Alt var som i en tågerus af nydelse. Jeg følte, at orgasmen bare blev ved og ved. Jeg nåede afkroge af min krop, som ingen mand endnu havde fået mig til at udforske. Men nu i nat, med denne skønne spanske skabning ... Jeg måtte have mere af denne vidunderlige vilde hingst. Jeg trak hans hoved væk fra min mis for at kysse ham, som han aldrig var blevet kysset før. Og om han kunne kysse!

Hans tunge legede kælent med min, men var også lidt vild. Alt, hvad jeg havde ønsket mig af en mand. Hans bløde læber, hans stærke hænder på min ryg og hans hede blik var nok til at få min grotte til at blive som en vulkan i udbrud. Antonio kunne fornemme min liderlighed, men ville trække nydelsen endnu længere. Spiritussen havde også gjort sin virkning, så alt foregik i en nydelsesrus. Jeg kunne snart ikke vente længere; jeg måtte bare få åbnet hans bukser og se hans lem. Jeg puffede blidt Antonio ned i køjen, så jeg kunne komme til at se ham og hans lækre, solbrune krop. Han smilede blidt og lukkede øjnene. Han vidste åbenbart, at vi danske piger kan vores kram, for et støn slap over hans læber. Jeg knappede bukserne op og trak dem af, og gæt, hvad bukserne gemte for en hemmelighed!

Det lem, som sprang lige i mine øjne, var både stort og tykt. Hvor langt det var, ved jeg ikke, men det stod allerede stift og villig, lige til at lege med. Selvom jeg var beruset, kunne jeg godt mærke mig vej frem til, at han var villig. Jeg kunne ikke vente ret meget længere på at mærke hans lem dybt oppe i min mis. Jeg lod min mund synke ned over hans lem og slikkede grådigt, som om det ville forsvinde. Mine hænder var overalt på hans svedige krop. Hans nosser blev behandlet som aldrig før, og dén behandling kunne han ikke stå for. Han fik fremstammet nogle ord om, at jeg var fræk og bare skulle rides. Det var lige, hvad jeg havde i tankerne, og det kunne han åbenbart læse i mine øjne.

For inden jeg nåede at reagere, havde han grebet mig i et snuptag og smidt mig ned på køjen og kyssede mig overalt. Alt gik så hurtigt, at jeg næsten ikke kunne følge med, men jeg mærkede pludseligt, at hans dejlig store lem blev presset op i min hede mis. Åh, hvor fyldte han mig dejligt ud! Mens hans lem gik som et stempel i en dieselmotor, fløj jeg rundt langt oppe i skyerne og elskede bare denne vilde skabning. Jeg vidste ikke, at jeg tændte så vildt på de mørke spanske mænd, men det gjorde jeg. Pludselig følte jeg, at jeg nærmest forlod min krop for derefter at styrtdykke ned ad en klippe i et stort hovedspring. Orgasmen — den kom, den føltes, den sejrede. Alt var sort og dejligt, og Antonio var også ved at komme, og han fik fremstammet, om han måtte komme mellem mine dejlige bryster. Jeg syntes det lød frækt, så jeg fik hevet blusen helt af, og Antonio fik famlet sig vej frem til mine dejlige bryster. Ikke to sekunder senere flød den varme sperm over mine bryster, og jeg nød det! Antonio fik samlet sig og sagde "muchas gracias." Han smilede kærligt og gav mig et kys til farvel. Så forsvandt han ud af bilen og ud i natten. Endnu en gang var jeg alene.

Kapitel 17

Kl. 06.30 bankede det på døren, og jeg kikkede lidt fortumlet ud. Den søde tolder fra dagen før stod og pegede op på toldbygningen. Jeg nikkede og skyndte mig at få noget tøj på. Jeg skulle jo helst ikke komme alt for langt bag i køen, for så tager det en evighed. Tøj på, ud af bilen og op til tolderne. Jeg væltede ind og så, at jeg var den første som kom til. Det var nu pænt af dem at lade mig komme til først. De tog papirerne og stemplede dem og viste mig vej hen til, hvor jeg skulle holde for at blive læsset af. De forklarede, at kunden selv kom ud til pladsen og hentede mig og viste mig vejen til firmaet, hvor jeg skulle læsse af. 10 minutter senere kom der en pænt klædt mand i sort habit og viste mig vej hen til et stort firma, hvor jeg skulle læsse af. Han fik papirerne, og tre mænd stod klar til at læsse af. Han forklarede, at de ville læsse af for mig, så jeg kunne nyde den flotte natur.

Jeg var faldet lidt hen, da en pludselig banken gjorde mig forskrækket og rev mig ud af en pragtfuld drøm om natten før. Manden bad mig lukke dørene og køre ud på toldpladsen igen, for jeg var tom og papirerne stemplet. Jeg startede lastbilen og kørte ud på pladsen igen, hvor jeg fik ringet hjem til speditionen. Jeg fik besked på at vente med at køre, indtil adressen kom på faxen. Gud, hvor tog det en evighed, før faxen begyndte at knurre. Med adressen ved hånden og

GPS'en sat til gik turen nordpå. Telefonens kimen brød tavsheden, som fyldte mit hoved. Det var Karsten, som ville høre, hvordan jeg havde det. Han havde nyt om Ole og ville bare lige fortælle mig det. Det begyndte at løbe mig koldt ned af ryggen, for var det gode eller dårlige nyheder? Karsten begyndte med, at Ole var blevet fløjet til Danmark og indlagt på Sønderborg Sygehus. Han havde det efter omstændighederne godt og havde bedt Karsten sige, at vi ikke skulle være urolige for ham. Han overlevede. Jeg åndede lettet op og trak vejret normalt igen. Jeg fik fremstammet et tak og lade røret på. Alt ville falde på plads, men jeg havde en uro dybt i mig, som sagde, at jeg ikke var villig til at miste livet på grund af nogle griske mennesker.

På vej mod Murcia tænkte jeg over min fremtid alene på landevejen, men følte mig ikke sikker alene. Jeg ringede til Torben for at høre, hvor langt han var nået. Han var først lige færdig med at læsse af, så der gik nok en god del tid, inden han kunne køre mod Danmark. Jeg sukkede og ønskede ham god tur. Tiden føltes uendelig lang, og tankerne var uendelig mange og svarene uendelig få. En time senere skulle jeg have tre kvarters pause. Rastepladser var der nok af, men hvilken en var sikker nok? Jeg var blevet advaret mod at holde alene på en lille rasteplads, men skulle køre ind på en med tankanlæg eller en restaurant på. Her var der altid folk nok. Jeg svingede ind på en rasteplads med restaurant, men følte mig egentlig ikke sulten. Jeg parkerede i en bås og stoppede bilen. Jeg faldt tilbage i sædet og lukkede øjnene. Tankerne fløj rundt, og jeg vidste ærligt talt ikke, hvad jeg skulle gøre. Jeg satte kaffe over, og satte vækkeuret til 30 minutter senere. Jeg kunne ikke finde ro; jeg følte, at jeg skulle snakke med en, og det blev Karsten. Han tog telefonen med det samme og spurgte, om jeg var ok. Jeg sagde, at alt var i orden, men at jeg ikke kunne fortsætte med at køre. Der blev stille i den anden ende af røret, og han spurgte, om det var på grund af det, som var sket med Ole. Jeg svarede ja, og det var så det. Jeg var egentlig ikke helt ved mig selv, men alligevel glad for, at jeg havde sagt nej til vognmanden med hensyn til at køre mere. Jeg frygtede for mit liv og ville hellere leve end frygte for det.

Pausen var slut, og jeg fortsatte mod Danmark. Pauserne blev brugt til at sove i, men søvnen var ikke noget, som gjorde mig godt. Jeg sov næsten ikke, for jeg var bange. Bange for, om der også ville ske mig noget. Jeg havde hørt, at der var en portugiser, som også var blevet overfaldet. Så hjem, det ville jeg, og helst hurtigt. Jeg tænkte meget over fremtiden, og om jeg nogensinde ville komme ud at køre igen. For mange mennesker er det at køre bare noget, som skal gøres. For nogle er det en livsstil. Mange mennesker er trygge i deres lille verden og tror ikke, at det er noget, der kan ske, det med vold og overfald. Men det er tættere på, end man skulle tro. Timerne blev til dage, og heldigvis var der ikke så langt hjem. Så jeg måtte hellere ringe til Karsten og få bookingnummeret til færgen. Karsten lød venlig og spurgte, om der var andet, han kunne gøre for mig. Jeg ville bare høre, om Ole havde det bedre, og om Torben var kommet hjem. Alle havde det fint, og han ønskede mig god tur.

Kapitel 18

Endelig kunne jeg se færgelejet i det fjerne og kunne snart se Danmark igen. Jeg kørte ind på venteområdet og gik ind på kontoret med bookingnummeret, så jeg kunne komme med færgen. Jeg var heldig, for jeg kunne nå færgen, så det var bare med at få røven med sig ombord. Jeg blev guidet ind i en bane, hvor jeg stoppede bilen, og begav mig op på færgens dæk. Her var der fiskefilet på menuen, og det kunne jeg godt lige klemme ned. Jeg fik handlet lidt, og så var det det, jeg nåede, inden vi skulle ned til bilerne igen. Jeg tænkte på, om jeg nu også kunne komme ovenpå igen, eller om jeg ville have mén af denne oplevelse resten af livet. Men jeg skulle bare have læsset af, så jeg kunne få stillet bilen og komme helskindet hjem. Jeg frygtede lidt, at jeg var et let bytte, fordi jeg kørte alene og er kvinde. Derfor stod jeg fast ved min beslutning om at stoppe.

Karsten ringede for at spørge, om jeg var helt sikker på min beslutning om at stille bilen. Det kunne jeg kun svare ja til, men inderst inde vidste jeg, at jeg ville komme til at savne vejen. Jeg turde bare ikke køre alene. Endelig så jeg afkørslen mod Padborg, og jeg vidste, at nu var det slut. Jeg kørte ind i Padborg og over til pladsen, hvor trækket skulle stå. Jeg stillede bilen og begav mig slukøret op til Karsten med nøglerne. Karsten sad og stirrede ned i en bunke papirer og kikkede op, da jeg kom ind. Han rejste sig op og kom over og gav mig et stort knus. Han spurgte om, hvordan jeg havde det, og om jeg ikke ville overveje at fortsætte med at køre. Jeg satte mig ned på stolen og kikkede ud ad vinduet. Jeg vidste ikke, hvad jeg skulle gøre, men følte ikke, at jeg kunne magte at køre med livet som indsats. Derfor takkede jeg pænt nej til tilbuddet, men ville gerne have lov til at ringe, hvis jeg på et tidspunkt ville køre igen. Karsten nikkede forstående og fulgte mig ned til bilen, så jeg kunne få den tømt. Det var hurtigt overstået, og jeg bad ham hilse Torben og Jan. Jeg ville selv køre forbi og hilse på Ole, inden jeg kørte hjem.

Da jeg havde fået pakket mine ting i bilen og var klar til at køre, kom Karsten over til mig for at sige farvel. Han håbede, at jeg måske ville komme igen, men ville ikke presse mig. Jeg takkede og kørte ud af byen. I bakspejlet så jeg Padborg forsvinde, og det gjorde ondt, for jeg brændte egentlig for at køre. Men efter det, som var sket, følte jeg ikke for det. Det eneste, jeg ville, var at se til Ole, og jeg håbede på, at han havde det bedre. Motorvejen virkede længere end ellers, men endelig kom afkørslen, og jeg drejede af. Sygehuset var ikke svært at finde, så det var bare om at finde en parkeringsplads, og så finde Ole. Jeg gik ind ad indgangen og fandt en sød sygeplejerske, som hjalp mig med at finde Oles stue. Da jeg kom ind på stuen, lå Ole bare i sengen og så rimelig død ud. Han havde det ikke for godt og var heller ikke helt ved bevidsthed. Han halvsov, så jeg listede hen til ham og gav ham et kys på kinden. Han rørte ikke meget på sig, så jeg listede ud igen. Jeg fandt en sygeplejerske og spurgte, om hun ville hilse ham, når han vågnede. Selvfølgelig ville hun det. Jeg takkede mange gange og begav mig ud til bilen.

Nu var eventyret slut, følte jeg. Hvad skulle jeg nu gøre? Bilen kendte nærmest vejen hjem, så det gik stærkt. Det første, jeg gjorde, var at gå i bad, og så i seng. Det sidste, jeg tænkte på, var, om jeg ville komme ud at køre igen? Og så faldt jeg i søvn ...